呼吸

孙甘露 著

上海文艺出版社

Chapter 1

【卷一】

1

"再见,罗克。"他的情人的丈夫温文尔雅地结束了他宣布的噩耗,在电话的另一边退出了这次沉闷的谈话。梦游症患者罗克发现自己已经成了传说中的哭泣之神。他曾在夏日里放弃了她,就像他怀着悲痛回到他的爱恋之旅的开端。他的久驱不散的正午的一阵忧愁正源自对激情的祈祷。现在,思念仅仅是书桌上的一件摆设。十年中的最末一年,所有遇合中的最后一次遇合。在一帧欧罗巴的晨景和一次如今已经无限遥远的恳求之后,在南方这条恶浊之河的堤岸上,除了冰和一首心脏的酣睡之诗,他已无所委弃。除了室内的音乐和窗外九月的雨滴,远方之邦已是一无奥秘。异域之行对他来说宛若飘零的书页。对于罗克,这只是一个安魂之夜。他想象自己在山上说话,在水面沉思。这个故事对他这一生来说将成为一则心灵的附录，就如回忆是一部内心的文库。所有的日子都重叠起来如同他们结合在一起的肌肤以及表皮之下的神经。他们的相遇是一幅器官的挂图：血脉的河流，心脏的都城以及一无所见的爱情的呼吸。他曾经在秋季询问这是否是一座受难之城，他是否要把即将来临的冬季比做一束迷迭香。罗克叹息着挂断了电话。一切都消失了。

　　罗克从精装本的《波德莱尔选集》中抽出夹着的食指，追忆着这食指所接触过的一切。陶瓷烟缸洁白边沿上的半截香烟仍然丝丝缕缕地冒着蛇形的烟柱。它没有燃烧彻底，所以香烟味依然呛人。他赤裸着双脚沿着地板的纹路走了两步，推开半关着的窗户，一些往事和法国梧桐繁密的叶影涌入了他的眼帘。街道上十分宁静。一艘远洋轮的鸣笛声犹如一声抽泣从极为遥远的地方送入室内。他清了清哽咽的嗓子，觉得窗前这个刚从梦中醒来的男人是一只鸡和一名西方宫廷弄臣的混合体。尹芒，他的指引者，从一开始就让他知道自己有着一个可以引为骄傲的坚毅的下巴。在晚风中，一种消沉的情绪在他推窗的一瞬间就左右了他，使他从一下午的阅读中苏醒了过来。波德莱尔的主题是波希米亚式的作风，还有，他已经忘却了。一种越过晦涩的叙述获得的概述被一个电话就打断了。罗克想象是尹芒而不是她的丈夫在悉尼的景色中挂断了电话，就如有一次她那光洁无比的手臂越过他的身体挂断了给她母亲的电话。

罗克回想起在最近一年中，不同的季节、不同的场合接到的国际长途。法隆、澳门、悉尼、纽约，这些地名后面联接着另外一些汉字，那是一些人的名字。那些愉快的谈话会在某个瞬间因为相互间的距离变得生疏起来。"我讨厌这个房间。"他知道他想说的是讨厌另外一些更大的空间概念，但是罗克想刺激一下让一张床单装饰起来的项安。"我可以不抽烟，不过你也用不着冲我发那么大的脾气。"她还想顺着这句话继续说下去，但是紧接着的吸烟动作使一切都中断了。

他们在这个被书籍和各种奢侈品塞得满满当当的房间里待了整整一天。一定是这些黑乎乎的闪闪发光的电器激怒了她，要不就是罩着绛紫色法兰绒套的谋得利牌钢琴，它的泛黄的琴键暗示着似有若无的岁月和似有若无的尊严，或者是敞开着的便携式英文打字机，最有可能惹恼她的是家具上的灰尘。"你的洁癖和你的自卑感。"昨天吃晚饭时罗克已经朝她吼过了。南斯拉夫烟缸、一沓没有人物的相片、一只透明的造型夸张的玻璃猪、一束芦苇、四五十本摞在一块的平装小说。杂乱无章的房间仿佛是对她的智力的一次嘲弄。她的经验告诉她，整饬是小康生活和秩序崇拜的外部标志，在最低限度里它是纸币的转喻。在夏季的阳光中疯狂生长的橡皮树被植种在直径两尺的黑色釉面花盆里，它宽大厚实的暗绿色叶瓣性感得犹如土耳其人的舌头，它的顶端已经触到了刷得雪白的天花板。项安沉浸在对虚无的瞪视中。她的暗红色的皮肤上还滞留着汗水的滋味。她能闻到他的气息，这使她对一切全都记忆如初。他右手中指的造型，他左耳的轮廓以及耳垂所透过的粉红色的光晕，他的头发的层次，他的锁骨的坚硬的质感，他的绷紧的背部，他胸前渗出的汗珠，他在睁开眼睛的一刹那所迸发出的令人心醉的目光。项安总是以一阵呻吟揭示这一切。此刻，她叹息着仿佛她的肺部对烟草充满了赞美之意。

　　罗克的衬衣和他的裸体一同伏在仿红木书桌上。他侧着脑袋开始写信。罗克知道，他如果花时间找出他的袜子，那么这封致悉尼的唁函也许永远不会诞生了。尹芒家的窗帘是蔚蓝色的，带着乳白色的斑点，它们是变形的星座和不规则的随机图案，流逝的岁月使它们变得脆弱了，它们像纸一样被风和时光撕裂开来，最终成了卫生间里的拖把。远方天际的最后一丝余光勾画出地板的暗褐色光泽，室内完全暗了下来。她的略带嘶哑的温柔嗓音在刚刚降临的夜色中重新浮现出来。烤烟型香烟和法国梧桐叶簇散发的气味混成一股干涩的苦香，逗留在他的舌尖上，形成一个微小的感觉的旋涡。在这张洁净的信纸上，写些什么呢？逐渐地，罗克幻想中的景物取代了他尚未出现的叙述：一把向阳的椅子，洁净的公路，旋转楼梯，废墟的回廊，神殿的前厅，广场上静立的人物，庭院中的松树，夕阳下的丛林，公寓的窗，温柔的拱门，女人及其阴影，上衣的领子、纽扣，皮鞋的后跟……总之，是尼欧利和陶雷的主题。这一类画中的景色与欧洲的文明有关，这是一种距他十分遥远的概念化的雕像。犹如伫立在远方的尹芒身后的更为遥远的风景，罗克无法将一组符号纳入一封致已经辞别人世的情人的短笺。窗帘在黑暗中拂动起来，似乎是外面汽车轮胎压迫路面带来的震动所致。"一定有许多女人喜欢你沉思时的模样，包括我。"项安掀开床单，显露出她完整的躯体，她套上衬衣，然后打开收音机。她在房间里来回走动，东摸摸西碰碰，发出窸窸窣窣的声响，这使罗克感到无比的安宁。

2

他的居所，准确地说是他父亲的居所，或者说他们这个家庭的藏身之处是一幢年久失修的洋房。这座上下三层携带一个草坪的法租界的遗迹，经过半个多世纪的风吹雨淋终于成了悬挂界线含糊的门第的衣帽架。这个有着被封死的壁炉、堆满杂物的昏暗的过道的楼房由三户家庭盘踞着。在罗克的顶上住着一位骄傲的男高音以及由他统率的一群高音 C 爱好者兼崇拜者。"我丈夫可以在高音 A 上持续十小节，至于高音 C，同样也是十小节。"在罗克的下面，则是一位挂牌营业的牙医，这位秃顶的医师是一位鳏夫并且是一位毫不留情的器械能手。总之，三个家庭的统治者所从事的职业都与人类的口腔有关。这栋小楼就像人体的某个器官，处在一条扭曲幽深的小巷的尽头。它的日常景观由孔空练习曲或者民谣,拔牙时的呻吟或时不时窜出的大呼小叫以及不断修改着的戏剧台词交织而成。

　　这个忍无可忍的由残暴的医学和由高音来控制家庭的嗓音搅拌机构成的堡垒此时显得格外地安静。"你的父母经常外出旅行吗?"项安的话语伴随着收音机播送的提琴声,仿佛是一句排练了多时的唱词。"这是第一次。"罗克无精打采地应答了一句,像是要推开他的无聊至极的身世。她将身体移至他的背后,将手指缓慢地插入他浓密的头发,渐渐地,在夜色的鼓励之下,她将他的脑袋拥抱在自己的胸前,昨晚洗头时留下的那股香皂味,现在变成了一股干草的气味。"你总是这样吗?跟一个人待着却想着另外一个人,甚至还不止一个。"她从上面凝视罗克的眼睛。他由衷地欣赏这一注视,从这个角度罗克几乎完全发现了女性梦幻的一面。这种体态逆转之后的梦幻性恰好是还原后真实面目的最本质的披露。她转向他的正面,身体擦过书桌时带下了《波德莱尔选集》。一种对淫逸生活的论述在地板上打开了。它中间的某一页在窗口送入的微风中翻动了一下,又回到了原处。一阵油墨和纸张的香味萦绕着他俩裸露的脚踝,一声纸张擦地的清脆声响唤醒了内心深处隐隐闪现的情欲之火。收音机送出女播音员矫揉造作的语音,然后是几秒钟的沉默,突然之间一声号角宣告了一部乐曲的开始。

　　罗克的父亲的一帧黑白相片挂在书橱上方,他正在木质镜框内冷漠地吸着烟,目光茫然。他一生撰写了三十部戏剧以及近百首与农业机械和重工业有关的言辞铿锵的抒情诗。他的勤奋堪与莎士比亚媲美,并与他的独生子罗克的游手好闲适成对照。十年之前,剧作家也称为戏剧家的罗毅之便深居简出,埋头创造他的回忆录了。这类辛酸史加奋斗史不外乎对罗克那地主爷爷的暧昧的回顾,对年代久远的风流韵事的诗意的点染,再附上字迹不清的日记,细心搜集的旅游明信片,泛黄的剪报,若干生疏的新名词,从百科全书上摘录的大段条目解释。反正是一些他的逆子所不屑收藏的破烂玩艺儿。"这位口味古怪、嗜辣成癖的四川好人竟成了布莱希特的同行,着实令人吃惊。"罗克的这一评论几乎对他不同时期的每一位女友发表过。而他这个沉浸在无穷尽的声色欢娱之中的瘦弱的家伙,无疑是他父母的爱情的结晶体、日常生活的烦恼、晚年的克星、精神沮丧时的指责对象。"你永远也不会懂得什么叫做专心致志。"项安咬着他的嘴唇说道。罗克忽然感到非常疲倦,睡眠的欲望在他的血管里流动着一直涌向他的脑际。"你我之间的事仿佛发生在另外两个人之间,这是另外一个故事的一部分。""我想喝水。"项安打断了他的诉说,从他的身边离开,走向床边地板上放着的七只乳白色的茶杯。在项安蹲下的时刻,罗克感到他是多么需要她的体温,她身体的重量,她手指摸索时由羞涩向大胆过渡间的迟疑的移动。当她将手心美妙地翻转过来,用手背那些突起的细小关节顺着他的身体挪开时,罗克感到自己是从海水中猛然抬起头来,急促地呼吸着贴近水面的一小口空气。但是海水很快消失了,罗克似乎是从一个寂寥的高度瞭望着波涛汹涌的海面。傍晚的微风将一股凉意送至他敞开着的胸膛,他的内心与他的皮肤同时有一种被灼伤的感觉。无疑,她是他一生中最珍爱的女人。罗克想将这一想法立刻告诉她,但是几乎是同时,他就打消了这一念头。

3

他们第一次约会是在项安工作的图书馆,是贡布里希的著作使罗克有了倦意。他在《向东瞻望》这一章停止了阅读。他想把伊斯兰教国家、中国、二至十三世纪的内容放到下一次再读。下午的阳光已经从窗前移开,坐在他对面翻阅画报的一对情侣似乎已离去多时。透过他右侧的巨大窗户可以看到图书馆外面的公园草坪。公园里没有多少游人,香樟树梢摇动的声音非常清晰。再往远处是市中心的广场,一个十岁左右的男孩正沿着马路的一侧溜旱冰。一切事物都给他以停止不动的感觉。他在这座沿海城市里已经生活了几十年,他想是这一念头使他有了倦意,而不是贡布里希那部精装的大部头著作。罗克的目光越过阅览大厅里众多陈旧的椅子投向项安坐着的地方。她替一位穿皮夹克的中年读者查找书籍去了。她的位子空着。离闭馆还有一会儿，一种悲伤的感觉在安静的大厅里弥漫着。对罗克来说，日常的等待具有一种强烈的暗示意味，它既是对渴望永恒的一种讽刺，又是对片刻体会的劝谕。在他看来，图书馆是一个象征。它是无数时代人们艰苦或随意写作的缩影，同时，它也是伴随着一切写作的绵长沉寂的一种写照。它使古往今来形形色色的纪事和个人陈述在静默中簇拥在一起，成为图书馆的一种日常情景，它是一处心智的迷宫，一处充满危险而又美不胜收的福地，一个布满标记而又无路可寻的迷惘的乐园，一个曲折的情感泄洪道，一个规则繁复的语言跳棋棋盘，一个令人生畏的灵魂寄宿处，一个小件知识饰品加工场，一个室内公园或者一个由书架隔开的散步回廊，一个纸张、油墨、文字构成的生命的墓园。

　　罗克望着自己如此迷恋的女人从一排书架后面闪出她柔弱的身姿，一时对与异性相处感到无比的向往。她朝他微笑了一下，便转身招呼那穿棕色皮夹克的中年人去了。在罗克看来，她以一种专心致志的神情遮掩着她的漫不经心。阅览大厅内分布均匀的照明使她的白皙的脸庞显得十分苍白，她的阴影浓重的眼睑带着倦意。这个苹果和棉毛内衣的爱好者、电视迷、热情似火的恋人，当她沉默不语时，脸上那些柔和的线条给人以错觉，似乎疯狂对她来说是一个多余而讨厌的字眼。闭馆前的零零落落的脚步声，坚持到最后一刻的读者匆忙起身时带动椅子的碰撞声不时在阅览厅里奏响,她就是在这种泛着不多也不少霉味的环境里开始与她钟情的男人的恋情的。

4

  这一与威严的捉摸不定的历史有关的场所，总能唤起罗克对自己的短暂经历的扼要回顾。它的藏书和它的静谧常使罗克回忆起念小学时在操场临时搭起的讲台上冲着乱哄哄的毛孩子朗诵郭沫若的噼啪作响的诗歌。罗克九岁开始渴望与成年异性建立友谊，十二岁开始拒绝去公共浴室洗澡。与少年时代的记忆维系着的一大喜好是塑料凉鞋。罗克曾经在一个海岛上服过四年兵役，在高射炮部队充任填弹手。其间去过　次印度支那。亚热带丛林，湿乎乎的空气，烈日下直冒白汽的棕榈叶，头顶上方怪叫着掠过的美制B52型战略轰炸机，记忆中的恐怖，年轻士兵的尸体，一个他所勉强能够形容的国度：越南。在他的收藏中有一只用击落的鬼怪式战斗机残骸制成的玩具飞机。它被罗克小心地存放在一只旧饼干盒里，与一百多枚精致的毛泽东像章做伴。罗克二十岁以前的读物是《高玉宝》和剧作家罗毅之的悲剧和赞歌。在这份精神的主食之外，还有他为自己搜罗的灵魂的点心，这份油腻腻的甜食单通常包括全二十册插图本《金瓶梅》（他父亲的秘不示人的藏书），被他读得滚瓜烂熟的《拍案惊奇》，值得一提的还有农村版《赤脚医生手册》。这些惊人的著作这会儿还静静地躺在朝南的那排书橱的某一格里。当它们不被人翻阅时是多么典雅多么衣冠楚楚仪表堂堂啊。它们成了睡眠者，一如那些著名的作者。多少次少年罗克乘父亲外出时潜入书房，犹如越过一排石头垒成的栅栏，越过夹在书间的手指，越过草帽、落叶和其他事物，抵达这性欲的碑文。他曾经抚摸过这些象形文字，感受诗篇和皮肤所受到的伤害，仿佛目睹爱情的一次遂愿之旅，如同蜂房和一次期待中的起航。罗克的幻影是提琴上的一根琴弦、街道中间一棵展开的树，它等同于若干僻静的景物。他觉得自己是一柱旧时代的街灯，是一座庭院，是鸟瞰下的边疆，象征水面的一道直线，他的边缘是一道藤蔓和一道思虑，缠住石头和那些沉睡之书的封面。那些阅读的夜晚如今交汇在一起构成一个抽象的图案，就像袋鼠和草地上的一次跳跃，就像指环和命运。死者的家园在墓场的青草之间。时至今日，死亡已是一阵遥远的歌声，是仪式中的那些脸庞，那些渴念，那些心形饰物。尹芒，他年轻的伙伴，他们曾经为书写所激动，而此时此刻，罗克觉得自己宛如一名古国的诗人，笔下出现的仅是一些空白的信纸，树荫之下的谈话，杯中的一道波纹，云和光影中一次沉默的漫步，最终化为瀑布下的一张唱片和顽石之上的忧伤。他曾沉溺于书籍和梦想，望着学校的门和居室的窗，等候尹芒坐在他的双臂之间。他曾问她，为自己工作的人在等待什么样的酬劳来给自己呢？是一个未点燃的蜡人还是无数夜晚中最寒冷也最温暖的一夜？是卓越的姓氏，一个地点，成为年代的那个数字，还是照进心间的那缕难以辨认的阳光？不，他想，是沉寂，是一尊不再出声的雕像，犹如死亡是最持久的赞颂和最伟大的沉思，犹如悬疑面对凄凉和门前的晦暗。罗克在心里对尹芒说，我是你的一次馈赠犹如钟声是一次弥补，是一座木质的相架和一份心愿，一只风铃和一次可能来临的合影。他们曾开始在两次结束之间，如今结束于最终的开始后面。

5

此刻,不远处的商业街正处于勉强可以称得上是华灯初放之时。在项安以看电视聊度余生的香港姨母看来,这是个严重电力不足的远东城市。"星星点点的灯火,这是个渔村的夜晚。"这倒是一语点破了它的出处。这位四十年前的半吊子钢琴教师、小馄饨鉴赏家、一位浪荡公子的爱妾、与汽车间有着深厚感情的教会学校寄宿生,与项安每次相见都要晓以人生的经验之谈。她的干巴巴的教诲与她僵硬的指法练习一样有害,她的嗓音倒是同有轨电车一样叮作响。但一论及女人的秘密,立刻又羞涩得如同舞台上的修女,不过她的所有台词全都干净利落,一副训练有素、很有成就的模样。她最欣赏的莫过于项安的男友罗克。"一表人才。"她的所谓一表人才就是南方通行的软软的方言所指的瘦高个。罗克从背面看是个罗圈腿，爱穿那种极厚的腈纶袜子和臀部磨得发亮的很紧的裤子，经常给人一种不讲卫生的感觉。"这是个感情丰富，能说会道，热爱书籍的好青年。"项安的姨母评论道。（罗克反复向人转述的是索尔·贝娄笔下的洪堡春风得意时，一边满屋子追赶女人，一边大声嚷嚷："我是个诗人，我有一个大鸡巴。"）项安倒也是位风姿迷人可人心意的人儿，再加上她的脸上有着萨特似的目光——毫不夸张地说，她也是位感觉良好的斜白眼呢。她能让那只左眼直视你，让那只右眼漫不经心地拐向你左侧。那副深刻劲儿，仿佛那儿正站着刚叫她发现的你的另一个自我。尽管如此，项安依然称得上是位美人。在城市嘈杂拥挤的夜晚，棕黄色的碘钨灯光总能模模糊糊地勾画出她那小巧而紧凑的身材，她在黑暗中总是精神抖擞的。这一点深得罗克母亲的赞赏。项安是这样一类女性，用不了几年，当有人某天偶然路过电车站，瞧见她在飒飒寒风中候车，套着浅灰色的大衣，大衣底下露出一大截光腿（当然穿着肉色的丝袜），在那浓妆艳抹之下露出的惟悴模样，一定让人以为那是叫罗克悉心摧残的。这位当下的女友，潜在的媳妇，未来的婆婆与罗克的慈祥的母亲有着迥然不同的风格。

　　设若将时间上溯五十年，罗克的母亲可以称得上是位时代女性。她年轻时的犟脾气与儿子相似，那副叛逆的架势与罗克如出一辙，她剪短发（这倒与罗克相反）读《新青年》，去堆满木板凳的会场观看文明戏（由她的同胞化装成西洋人在高出地面二英尺的地方闹离婚），独自一人或成群结队地在街上吃零食，完全是一副大逆不道的嘴脸。但结局却并不是离家出走，而是出人意料的多年待字闺中，直到老谋深算的罗毅之以汹涌的戏剧台词将其俘获。她的婚前往事无一丝一毫的浪漫可言，犹如一帧褪了色的照片，相纸变脆，表面布满了褐色斑点，前后左右的其他人物早已叫战争、疾病、意外事故以及内心的痛苦折腾得面目全非抑或早已辞别人世。他们的萎缩了的小号灵魂义无反顾地飘向了宇宙深处。这位刚毅无比的母亲曾经评价一位投河自尽的同窗：她对人生有意见。

与罗克坚强的母亲相比，他的父系的一支全是些酒囊饭袋。他的叔叔，他父亲的放浪成性的弟弟，一个在家信中自封的剑桥博士生，怀里揣着罗克那乡巴佬爷爷的锃亮的金手镯，于四十五年前殁于伦敦东区的一家妓院。人们可以在这位浪漫主义者的剧作家哥哥的一出独幕剧里了解到这家妓院的芳名。当然，能够读到的只是它的谐音译名。

罗毅之正是因为这出对资本主义强烈控诉的戏剧一举成名。这部名作在罗毅之半个世纪的戏剧生涯中只上演过两场。罗克替他老子满心巴望着它在随之而来的另外半个世纪中有机会再次被搬上舞台，或者改编为电视剧，在第二套电视节目下午的某个时刻被播放一次。这出观众稀少、声名昭著的充满谴责之声的话剧就是《从一个来自农村的青年的毁灭看老牌帝国主义的没落》，它曾被别有用心的人援引为《青年的毁灭和主义的没落》，大众管它叫《来自农村的青年》，圈内人士则将它简称为《农青灭老帝》。

6

终于,哀悼者罗克失望透顶地推开了信纸和笔,摇摇晃晃地重新回到床上。他决定先让自己小睡一会儿,然后再来考虑到底发生了什么事。他开始庆幸自己放弃了在信纸上作一次追思的愚蠢念头。给一名死者写信未免荒唐。罗克猛然意识到,他原先是想给尹芒的丈夫写信。"见鬼,我是想向那只矮脚鸡倾销我的心曲吗?这个外号短腿兽的家伙,这一生中最热烈最持久的愿望不正是他妻子肉体的死亡吗?"罗克把自己放倒在台湾凉席上,四肢颠来倒去地折腾了一番,以此庆祝自己明智的回心转意。

尹芒的丈夫孙澍是罗克这辈子所遇见的品质最优秀的穷学生。别看他五短身材,其貌不扬,却娶了位秀色可餐的新娘。此君的墨水一直灌到了嗓子眼,稍稍一张嘴,冒出来的全是金玉良言。对待世间万物他有着一种独特的连缀法——尼采、尼克松、尼古拉二世、尼日利亚、尼尼微、尼桑警车——使他的学识通过如簧之舌得以体现。听他说话着实是一种享受，那忽高忽低、跌宕起伏的舞台腔，既可以使人联想到疯人院老大不高兴的门卫，也可以令人想起吱吱叫唤的发情的骡子。他的体型和容貌是一种合成体，它的配方是：韶华已逝的诗人，足球队备受冷遇的替补队员，怀才不遇的暴徒和喋喋不休的能工巧匠。概而言之，是当今世界极难寻觅的精英人物。据他本人透露，尹芒与他相遇之时，正是他一生中最艰难最痛苦最危急的时刻（尹芒后来才知道，这样的时刻说来就来，完全是家常便饭）。自杀的念头自头到脚制服了他。西尔维亚·普拉斯的《拉扎勒斯女士》一诗风行一时，各种不同的译本在各种不同的怨男忧女的手中传阅。热衷于死亡和热衷于谈论死亡成了同一件事。休斯的性感的妻子搅乱了年轻一代的心。自杀冲动一词和自我自恋自残自卑乃至自相矛盾、自鸣得意、自命不凡、自命清高、自暴自弃成了红男绿女们的口头禅。无论尹芒的丈夫从哪所学校的脏兮兮的校门蹓跶出来，猛一看是他一个人，实际上那儿正迈步走着两名痛苦的自我。这是一个崇尚表象的年代，而眼圈发黑，蓬头垢面就被认做是深刻的表象。尽管恋爱在忧郁之中进行，他的危急时刻不断地到来，可他的腿脚依然像武术运动员那么利索，正是他蹬自行车的那股子风风火火的劲头赢得了尹芒的心，当然，还得加上嫉妒时在反锁的卫生间内卸下两指宽的皮带抽打裸露的背部以及不可短缺的死亡的叫嚣。

罗克觉得自己像在梦中被硌了一下，脸上不禁露出令人费解的微笑。"你完全是一个标准的精神病患者，你以为你是谁？蒙娜丽莎吗？"项安愤怒的声音告诉他，她感到她被过分地忽略了。"晚饭吃什么？你的谜样的微笑吗？"恼怒的项安用她尖利的嗓音宣布着胃的饥饿与心的伤痛。"你要是再叫唤，我就一头撞死。"罗克忽然觉得朗诵台词真是舒服。"真没想到，你竟然痛不欲生。"项安用她那温柔的嗓音进出了加深罗克之迷惘的刻薄话。

罗克晃晃悠悠地起身下床，模仿一个梦游者的步态，扭三拐四地来到写字桌前，弯腰拾起地板上的波德莱尔，合上这部砖头似的文论，并用它砸了一下自己的脑袋，仿佛是要震醒自己。他一手按住自己的胃，一边口中念念有词：如果我们饿了，那么我们就吃，至于我们吃什么，让我们看看冰箱吧。

蜜月般的一天在夏季的阵雨和纷乱的心绪间宣告临近尾声，不论以什么作为晚餐，他们都必须告别这个房间，撤离业已退休的戏剧家的床铺，几个小时以后，罗毅之将恢复他在这间屋子里的没完没了的来回踱步，不厌其烦地责难他个人之外的所有其他人。首当其冲的就是罗克。所以，他们有责任抑制住回忆的冲动和吵架的欲望，以可口的食物来安慰一下憔悴的胃和憔悴的灵魂，把二十四小时的欢愉和不满全都储存起来，作为坏心情的酵母与未来拌嘴的资本。

这是一个无月之夜，司苔芳诺的歌声从楼上窗口飘荡而出，这位多情的意大利的儿子正在一张密纹唱片上咏叹对恋人的思念之情。同时，还可以听到一个音量近似但色泽苍白的追随者的歌声。这个追随者不时停顿下来，使劲清理自己的喉咙，然后在某一个高音上突然冒出来，用它那生搬硬套的意大利语逼近早已谢世的司苔芳诺。"可悲的美声唱法。让上面那位伟大的男高音表演普契尼的悲剧真是再合适不过了。声嘶力竭，垂死挣扎。"罗克打开房门，倾听了一会儿从楼梯上滚下来的司苔芳诺和他声音的影子。"这是一位背时的男高音在控诉夏季的炎热。你等着，"罗克对凑在他身边的项安说，"结束练声之后，他将用他那洪亮的嗓音吩咐妻子儿女去洗碗，倒垃圾。"

项安偎依着罗克，一动不动地听着他说些无聊的挖苦话。透过楼梯拐角处的那扇圆窗，是一丛依墙而植的夹竹桃，它们在风吹雨打之下的暗影与一公尺外那颓败的篱笆互相陪衬着，草地间的积水已使草坪变得泥泞不堪，空气中的腥味预示着阵雨即将结束。紧接而来的夜晚也许是凉爽宜人的，而紧接而来的无数日子却愈加显得无从捉摸了。在林荫道上推着婴儿车款步而行纯粹成了牛儿育女的幻象，分娩之际骨盆张开时那致命的剧痛仿佛就在眼前，项安觉得不能由罗克来创造一个与自己有关的生命,那将令她悔恨不迭。那种酷暑已逝,初秋将至的惬意感觉加深了她的这一推想。项安用她的纤细的手臂热烈地围住罗克,"我爱他,但是他不是我梦想中的那个人。"

7

在回忆之乡,那个冬天已经十分遥远,但是依然清晰可辨。入冬后的第一场雪一连下了四个小时,到晚上七点左右就已经将这个脏里巴叽的城市完全覆盖住了。一种一融即化的纯洁成了鹅毛大雪的片片寓意。而到了第二天,只要温度许可,另一种令行人胆战心惊的透明晶体将成为前一晚上诗情画意的冰冷的翻版。粗枝大叶的罗克骑着那辆坏了后闸的飞鸽牌自行车连滚带爬地前来拜会尹芒。这位名牌大学的稀里糊涂的女才子,在这等候拜会的一天醒着的大部分时间里,除了被家庭中的其他成员喊出去,接电话,整个躲在她那间狭窄的房间里搂着热水袋嗑瓜子。那是她刚从十二月的北京昏头昏脑地跑回家来的第二天。

来给罗克开门的是尹芒的大哥。这位看上去四十出头的小个子男人，蓄着一脸稀稀拉拉的络腮胡子，他一直以一种莫名其妙的目光盯着罗克，直到他敲开尹芒的房门，闪进身去为止。在罗克经过大客厅时，挡着道的是当门坐着的尹芒的七哥。这位名声在外的大提琴手，理着一个平头，正非常艺术地演奏着维瓦尔第的作品。"你让一让。"他的后母冲他呼吁了两遍，这个需要别人代写作文的高等音乐院校弦乐系大提琴专业的高材生才满不在乎地放下了他手中的那把棕毛的锯子，一抬腿将椅子蹬到身后，"你是今天来找她女儿的第四个男人。"音乐家向罗克介绍情况，然后义正辞严地向他指出，"进门之前你应该先蹭蹭你的脚。""对不起，"罗克在他那架大提琴上方拍打了一阵身上的积雪，柔声解释道："我忘了带我的拖鞋了。"

罗克从此以后再也没来过这个托儿所似的大家庭，但他从这个有过一任父亲、三任母亲、十三位子女的既团结又斗争的集体内部拐走了正当妙龄的尹芒。

罗克第一次在这个聚散无常的世界上发现尹芒，是在她父亲尹东山的追悼会上。在冰冷的哀乐回荡的大厅里，尹芒是她各具风采的兄弟姐妹中唯一丝毫不为哭声所动的人。她站在离她母亲最远的那一端，冷漠得像是殡仪馆的工作人员。罗克后来对她说："你最美的时候就是当你痛苦而沉默不语的时候。"尹芒是她所有同父异母兄妹中最小的一个，是她父亲第三次婚姻的唯一果实。她的问世使她父亲的雄伟的繁殖计划圈上了句号。尹东山是罗克迄今为止所见过的最为不苟言笑的老人。他的倒挂的眉毛、微闭的眼睛、抿紧的嘴唇给人一种无比凄苦之感。他是这个庞大家庭的至尊者。但他的身世、他的威严并没有使他成为一个不可接近的人。尹东山的最得意最令自己开怀的娱乐就是心血来潮时在房间里振臂高呼:"全体集合。"

8

因为尹芒的出现,放荡不羁的罗克被改写为循规蹈矩的罗克。南方的冬季潮湿而又寒冷,他们在马路上转悠了几个夜晚后,只能使这种狂热爱情导致的东游西逛草草收场。在另一个雪夜,在罗克的行军床上,他们相拥而眠,迎来了他们迷惘的生命历程中的崭新的一页。

在这个漫长而神秘的夜晚之前,他们被各自间隔在一个被人谈论过无数次的概念化的幻想之境中。他们曾经凭着勇气和感觉接触过异性的肌肤,他们曾经被唤醒过也唤醒过别人。但是,只是在此夜,他们经历了一次飞翔,一次弥漫的呼吸,一次最初的也是最后的苏醒。他们互相使对方感觉到唯一的存在和唯一的事物,从此之后他们确认人是可以忘我的。在以后的许多年中他们几乎是沉浸在对那个雪夜的缅怀之中。所有午夜或凌晨的欢愉都成了那个永恒之夜的回响。

当罗克将尹芒的一绺黑发顺向她耳后，他是在不经意间推开了情欲之门。这个雪花飞舞的南方之夜是可以被指认的，它在他们内心的供词中赫然陈列。当尹芒完全出现在罗克的面前，他的诧异要远胜于他的欣喜。在一阵赏心悦目的晕眩之中，他对自己肉体的恳求超出了那种向外的欲念，而那个静止不动的呼唤者似乎是在无声地响应他的恳求，他们在屋内那一线微弱的灯光里无言以对，为这种奇异的静谧场面所吸引，数千只鸽子拍动翅膀的情景取代了窗外的漫天飞雪。在房间的另一端墙上的油画中，河水将要漫过堤岸，岸边那孤独的石屋似乎是在等待幸福之风的吹临，桌上白色的瓷碗边沿悬挂着一点无色的水珠，它仿佛是一次泼溅的遗产，它的垂落的希望中包含着绽开的前景。黑色人造革面旅行钟发出的嘀嗒声宛如时光片段的持续不断的啜泣。谁都无法从对方脸上找出激情的痕迹，他们将两双手紧紧地握在一起，并且俯视着这一颇费猜度的举动，当他们用目光朝对方传达这一审视时，在对方的唇线的牵动中察觉了歌颂亲吻的那一丝微笑。他首次感觉到抵触是一种邀请，是对宾至如归的诠释。他在鲜红的舌尖上闻到了陌生但却是期待已久的芬芳，而当吮吸在刹那间为突如其来的齿冠所挽留，他们确切地听见了性欲的呼喊，它由弥漫的风雪所映照，携带着冰冷的灼伤感。他们在一次呼吸中停顿下来，互相在唇边寻找着残存的欲念，借此作为心潮起伏的佐证，一组美妙的诗句仅仅是以节奏和音韵掠过脑际，而一个旋律犹如衬音在空气中震颤不已。她的食指的第一处折痕越过他手心展示的爱情和生命的图示俯在了手腕的脉搏之上，在得到了血脉的一次应答之后，转向了手臂那倾诉着感伤的毛孔。

她的连绵不尽的絮语改换了语速，词义已经无从辨认，呻吟不时为若隐若现的抽泣所替换，她不断重复一些简单的音节用以勾画一个呈现在外的秘密。有时，她又屏息凝神，静候他对唯一的秘密的反响，在无比热烈的梦想中他们像神祇那样毫不羞愧地结合了，这一想象激励着他们漫无边际的探索。岁月之河将通过一次跌宕使河床拐向平缓而丰盈的平原，它所携带的泥沙会在入海处冲积成一个浅滩，它在海水之下等待历史使它浮升出来，等待命名。就像处女的那一次感恩，那对忠贞的最初的誓言。

罗克在片刻的沉思，无数细小的拂逆以及随之而来的明确的允诺之间获得了内心的光辉。与此同时，陶醉和离去的敦促使他转而关注起身体的疲惫来，无比的喜悦和挥之不去的挫折感由慰藉之梭的往返所勾连，他设想，最大的满足难道等同于最大的厌倦。

这是他们相爱的时刻，折叠床在他们的身下吱吱嘎嘎地叫唤个不停，似乎是在召唤迷失在这个风雪之夜的游魂，而罗克和尹芒仿佛是想热切地消失在这个时代的深处，以肉体的短暂的迷狂引导心灵的永恒的错失。"这是你久久期待的吗？"罗克凝视着臂弯里的尹芒，用另一只手摸索着她那布满雀斑的鼻翼两侧。"不知道，不过，将来我会祈求这个夜晚在我的生活中再一次出现。我会期待今夜再来。在此之前，我不知道。这也许伤你的心，但我想你要听的是我的真实想法。在这个夜晚之前，我在冥冥之中迷恋的那个人与今晚的你毫不相干。但是现在，此时此刻……""可我似乎一直在等待与你相遇，并不是说我觉得十分熟悉你，而是那种陌生感，你知道么？就是你在人群中忽然发现的那个陌生人。那正是你所需要的。你以为你很需要你所熟悉的东西？""这中间有点差异，我想我会想着在此之后，逐渐疏远了的那个你。你看着一个你所了解的人渐渐地变得面目全非，这非常令人入迷。""我想，我很难忍受这种分离。""你以为这类事仅仅发生在相互厮守的婚姻状态之外？"罗克沉默了。他的激动干涸了。他看见自己的肺腑之言顷刻之间为冰雪所覆盖。他眯缝起眼睛，重新端详这个令人心醉神迷的女人，这个难以忘怀的夜晚。以罗克的个人标准，尹芒属于消瘦而不失丰腴一类的年轻女性。她的皮肤苍白，隐约泛着一丝血色，根本不让你有一星一点非分之想。但罗克深知这是因为自己过于年轻的缘故。她是个脆弱、多疑、言词含混、目光深不可测的人，由她引领罗克这个倒霉蛋在人世间跋山涉水的确是一幅值得珍藏的戏谑的风情画。在一番勾魂摄魄的欢爱之后盘膝绕臀的娓娓而谈，以闲言碎语送走良宵纯粹成了罗克的梦想。思维困倦了，观察者与被观察者全都失去了兴致。窗外的风雪逐渐止息，黑暗中的窗棂不再发出呼声，它的震撼和冲动随风而去。这个将被罗克编入私人纪事的处子之夜迈入了凌晨的酣睡和迷梦。两个汗津津的身体相对而卧，不一会儿便相继翻身倒向另一侧，松弛以至消失。他们再也没有比此刻更远离他们所处的时代了。

9

那天晚上,当罗克和尹芒又是跺脚又是哈欠地从风雪中翻滚进底楼的黑乎乎的过道时,罗克叫拐角处的自行车挂住了口袋。他不加掩饰地张嘴吐出一句脏话。尹芒对此不作评论,只是默默地随他上楼。罗克仿佛是要对这句脏话作出一个合理的解释,其结果是变本加厉喷出一长串结构复杂措词考究的下流话来,以至进屋以后罗克还是骂骂咧咧地停不下来。尹芒若有所思地望着他,仿佛心领神会地欲言又止,直到两人热火朝天地初试云雨之后,似乎是要在肉体的图腾之后接上一段禁忌的语言,尹芒在罗克身畔软言款语地引述美利坚合众国医学界的研究成果,作为对半小时前污言秽语的曲折的呼应,"临床观察表明,男性在性高潮瞬间的智商跟一条狗一样,都是零。"

浪漫的气喘吁吁的罗克觉得让人迎面扇了一记耳光，气急败坏地按下了满腹衷曲。他本想趁着记忆犹新赶紧将颠鸾倒凤后的点滴心得向尹芒回报一番，这通断断续续的呢喃既是回味，又可当做蛊惑人心的表白，但在尹芒科学的引证之后，罗克只说了句："我累了。"便呼呼大睡起来。

翌日上午，暖洋洋的太阳直照到床边，尹芒才手脚冰凉的从乱梦中醒来。大手大脚的罗克在窄床上委屈地扭成一条，就像一个遭人遗弃的孤儿，他乱糟糟的头发在被子上散开，面孔朝下埋在枕头里，看起来不到下午两点丝毫不打算起床。尹芒这时才仔细打量这间不足十平方米的小房间。在他们躺着的这张窄床和靠窗的那张长桌之外别无他物，墙壁是土黄色的，上面挂着一幅凡高式的静物画以及一些从画报上或者挂历上剪下来的艳丽图片，用以遮盖斑驳之处，窗台上摆着一小盆文竹，半死不活的样子。最为引人注目的是桌上的八九只空酒瓶，它们呈半圆形众星拱月般簇拥着一只玻璃酒杯，在这个刺鼻的平面上的太阳系外面是一些碎纸片和几支圆珠笔，其中的一张纸上抄着罗克自己都弄不清哪儿来的诗句（也许是他自己的创造）。这两行诗是他打算在这个不寻常的夜晚献给尹芒的。这会儿她将这张纸片捏在手中，琢磨着这两句话中包含的微言大义。"篮子是你的族徽，而我是你的另一只篮子。"纸片上的字迹七扭八歪地挤做一团，与阿拉伯文非常相似，甚至可以联想到罗克在写下这片言只语时,笔在纸上磨磨蹭蹭移动的可怜样。无可奈何的痛苦和私下里的自我欣赏交织在这笔超越于悠久书法历史之上的怪模怪样的汉字中。在这些伟大的但被书写得糟糕透顶的中文下面,是一行流利而花哨的英文,尹芒读出这个地址:法隆,瑞典。尹芒一丁点也不想去推断这个地址背后的故事。她的思绪叫这两行对比鲜明的文字引向了另外一名男子。孙澍,一位长着奇异的口腔、奇异的神经系统的男子。这位杰出的语言天才,在英语口语方面造诣非凡,他的谈吐极富音乐感,什么清辅音,浊辅音,爆破音以及不完全爆破,美式连续,芝加哥俚语,莎士比亚作品中的古英语范例,这还不是全部,就已经使尹芒目瞪口呆、倾慕不已了。但是这位南方语言怪杰有一点点微小的瑕疵,在笨嘴拙舌的尹芒听来,他可悲地永远也分不清汉语普通话中的卷舌音和翘舌音,更不用提那残酷的前鼻音和后鼻音,他与外国佬交谈时所操的南腔北调的普通话(这时他不得不回避他无比依恋的南方方言)轻而易举地使他消失在这帮初学汉语的老外的咕咕噜噜声中,他完全与他们打成一片,而且这样四声不分的谈话使他获得了一种少有的舒坦自如。在与外籍人士的友好往来中,孙澍天生具备了内外有别的潜质,同时又能够把一切全都做得不露声色,自然得体。尹芒觉察到自己是在将孙澍和罗克作比较,她觉得他们俩确实有相似之处——挂在脸上的自高自大和藏在心里的自怨自艾。这两位活动于同一个闹哄哄的时代中的小伙子，几乎是同时开始向诡计多端的女学者尹芒献起殷勤来了。尹芒让自己沐浴在冬季的阳光中，惬意地胡思乱想，她纳闷自己竟然如此逍遥自在，对走廊里的各种声响充耳不闻。罗克的父亲正为是否要去附近医院打针退烧与妻子争论不休。尹芒听了半天也没弄明白是谁要往雪地里跑，又是谁坚持着反对这一动议。过了一阵子，外面安静下来，似乎是夫妇两人一同出了门。与尹芒的集市般的家庭生活相比，这起伏有致的喧闹只能算是纯朴安谧的小镇风情。尹东山管辖的家族是个微型的纽约。尹东山的马克思主义理论与尹芒的萨特戏剧式的存在主义言词共处一室，尹芒大哥修炼瑜伽式的沉默寡言与她七哥的没完没了的古典音乐相得益彰，尹东山第三任妻子对苏州评弹的偏好使丝弦之声不绝于耳，而他第十二个女儿的接连不断的电话使询问、打招呼、各种款式的道别、对不知什么噩耗或者喜讯的一惊一乍的反应塞满了这个骚动不安的大单元。这个让人无所适从的大熔炉中最令人称绝的是尹芒的小姐姐，这个排行十二的义务接线员是一所街道医院的护士，不知怎么的忽然又成了一家生产玩具的合资企业的秘书，最后不幸地同时也是令人叫绝地因与身份不明同样国籍不明的黑人有染而被公安机关以流氓罪收审。尹芒一直管她叫"小姐"，这一称谓几乎取代了她的名字。

　　因为天体的运动，苍白的冬日之光从房间里退了出去。聪慧的尹芒陷入了饥寒交迫之中。"起来。"她必须唤醒身旁这位懒惰的奴隶，当罗克在床上的时候，他是宁愿照顾自己的四肢而忽略任劳任怨的胃的，当他坐在餐桌边时，那就另当别论了。这个想象中的美食家，实际生活中的懒汉，这会儿正处在半睡半醒的昏迷状态。奥地利医生弗洛依德及其尖酸刻薄的反对派正在拼命争夺他的意志，并把他的糊里糊涂的神志架在超我和本我的锯刃上来回折磨着。罗克的灵魂在意识和潜意识之间左右为难，他总是被他的焦虑赶出温柔的梦乡，而在意识领域里则是一名烦躁不安的画师，挥舞着内心的毛刷子在没有景深的原野上胡涂乱抹，让道道划划欲望的彩色笔触形成一个迷乱的场景，那里面既有罗克难以辨认的牛鬼蛇神，也有经过乔装打扮的至爱亲朋，另有若干从未见过的衣冠楚楚的狗男女不停地翩翩起舞……在一些令人半死不活的梦魇中，他自己在零星闪现的片断里，是一名擅长辞令的饶舌者，通常在这样的辉煌时刻，罗克亲眼目睹一批批伶牙俐齿的巨人侏儒在自己滔滔不绝的话语洪流中败下阵去，然后自愧弗如地俯首称臣，紧接着夜间的芳香开始萦绕过来，令他周身酥软魂飞魄散，在神思恍惚之际，形单影只的罗克抖抖索索地爬上了一只摇摇晃晃的独木舟，仓惶启碇，孤苦伶仃地驶向但丁笔下的忘川。地狱之火已在远方熊熊燃烧，达摩克利斯之剑在上方高高悬起，就在这生死存亡的紧要关头，解救者尹芒不失时机地用她的纤纤素指扭醒了他。"你做梦了。"尹芒告诉梦者罗克。"是的。"睡眼惺忪的罗克承认了这一事实,"一个很平庸的梦。"罗克暗自认定是荣格这批养尊处优的有闲阶层的先生女士堵塞了梦的下水道,致使像自己这样的精神贫困者连像模像样的美梦都轮不上。"精神分析的皇皇巨著使梦成了一堆概念和条款。"嗜睡者罗克认为至少对自己来说这是现实。另一个窘迫的现实是房间里弥漫起一股寒气。这个与罗克朝夕相处的小房间在建筑设计师的构想里仅仅只是保姆的栖身之地,而眼下底楼牙科医生的卫生间里的浴缸上也支起了木板床,以供他的大儿子噩梦联翩或者干脆倒头睡死过去然后再度惊醒过来。

"碰碰我。"偎依着罗克的尹芒轻声嘀咕了一句,仿佛冷风中栖息于枝杈中的小鸟抖动了一下羽毛。尹芒指指自己的圆滚滚的鼻尖。罗克冷静地轻触一下。"狗鼻子。"罗克客观地评价道。"冰凉冰凉的。"简短的对白引出一次新的欢愉。

10

　　无论罗克是在拥挤不堪的街道上漫步，还是赖在被窝里搜集残余的热气，均对自身的危险处境浑然不觉。在一个充满了阴谋和内幕的时代，所谓私生活早已荡然无存。罗克认为这是一个没有隐私的时代，人仿佛生活在一个透明的管道里，所以他总是耐心地等待大难临头。比如刚出门踩着自己的鞋带啦，自行车铃叫人卸去了半只啦，挤公共汽车让人摸走了那块硬邦邦的脏手绢啦，叫风沙迷了眼啦，包皮环切手术后被护士小姐狠狠地注射了一筒雌性激素啦，等等等等。一个迫在眉睫的灾难是，他忘了今天是十二月的最后的一个星期天。

　　刘亚之，郊区小学的美术教师，罗毅之戏剧的崇拜者，一次失败婚姻的受害者，厨房里的全才，风韵犹存的三十九岁的女人,人像摄制的终身不悔的免费标本,在乘了一辆公共汽车和一辆无轨电车之后,又乘了一辆无轨电车和一辆公共汽车,这会儿正意气风发地朝约定的地点,寂寞而漫长的人生中的一丁点温暖,内有罗克的单人床的亲切的三层小楼进发。她的精致的蓝色帆布手提包里放着一架柯尼卡Z-up80照相机——购买这架名牌货花去一大笔存款,结结实实地令她心疼了好一阵子。脑袋娇小的刘亚之打心眼里喜爱让人给她照相。自从结识了自吹自擂的业余摄影爱好者罗克之后,更是令她乐不可支。每当她瞅着罗克眯缝着的脉脉含情的右眼在照相机后面浮现,嘴里咕噜着诸如"真好""太好了""非常好""漂亮"之类的赞誉,她便喜不自禁地满面春风。在一大堆奉承话之后,照相机那个老大不情愿的快门足足等十分钟至二十分钟才勉强"咔哒"一下。她的脖子、肘、腰、膝盖,总之,人体所有比较重要的拐角全都发出酸楚的呼叫。尽管如此,对自己的容貌有足够自信的刘亚之仍然乐此不疲。

　　回溯一下历史便可发现刘亚之曾是牙科医师章荣天的谨小慎微的病人。她左面的那颗门牙,被她的前夫在家中业余拳师式的演练中,迎面一拳,让她咽下肚去。她的前夫,刘亚之同校的一名体育教师,不辞辛劳地镇守住医院的大门,不让其可怜巴巴的妻子装假牙,到处扬言要让她丢人现眼。百般无奈之际,被侮辱与被损害的刘亚之被命运安排到了章荣天私人诊所的门前。

孝子章荣天去苏州乡下给仙逝多年的母亲扫墓去了，人去楼空，大门紧闭。走投无路的刘亚之没弄明白怎么回事，在楼外挨个摁完三个电铃后，耐心等待。反复多次以后，欲哭无泪的刘亚之闹醒了睡懒觉的罗克。刚从部队服完兵役回家的罗克闲在家中等候分配工作。他在自己的房间里接待了这位不听劝告的病人。刘亚之不由罗克爱听不听，以泪洗面之后，像蛇一般"嘶嘶"地冒着响声宣讲了自己悲惨的婚姻，并且由此引申开去，在点明了门牙去向之后，奉劝听众罗克千万别误入歧途，迈入可怕的婚姻陷阱。此后，刘亚之来过诊所几次，每次修理完正面的牙齿，她便上楼到罗克处小坐，百无聊赖的罗克恰当地扮演了一名和蔼、诚恳、耐心的优秀听众。当刘亚之对别扭的假牙安之若素时，她已经在罗毅之家的饭桌上谈笑风生地介绍她所喜爱的牙膏的香味了。

在此后的许多日子里，他们在一起愉快地交谈，互相开开对方的玩笑，无伤大雅地揶揄对方和自己。直到某一天下午，一个莫名其妙的时刻，事情发生了变化。他们在谈论了一阵照相机的滤色镜后，在一瞬间互相感到无言以对。在沉默之中他们顶感到了事情的严重性，他们看到将要发生的事情的开端。"我离婚了。"刘亚之忽然说出了已经存在了半年之久的事实。不是离婚这一事件，而是对它的恰当陈述，改变了他们两人之间的关系。就像一把裁纸刀划过洁净的纸面，事先没有丝毫微妙的痕迹。罗克一直将利刃看做是命运的象征。它使某些事物夭折，也剖开了另外一些事物的表面，使那无可避免的内部脱颖而出。

罗克房间的窗台上出现了一盆文竹，刘亚之所送的不太招人耳目的小型盆景。少许水分，不多的阳光，清凉的环境使它继续着早已开始的缓慢生长。

"喂。"尹芒在罗克耳旁柔声责备道，"你可不够专心。这别是你的特点吧。""这是我的境遇。"罗克告诉自己。

街道中央的积雪已经完全融化，几个戴着色彩鲜艳的绒线帽的小男孩，在人行道上来回踩着积雪玩。他们呼吸着这城市中少有的干净空气，脸蛋红扑扑的，嘴里不时发出尖利的叫喊声，似乎是在提醒人们对他们的无忧无虑的游戏加以关注。

在这个学说众多、危机四伏的世界上，一名倒霉的男子与一名同样倒霉的女子之间的难以形容的关系是在他们相遇的最初一刻就被确定下来的。或许它像电子游戏机那样有着炫人眼目的色彩，但是它的逗弄人的程序是预先就编妥了的，一旦接通欲望的电源，按下感情的键钮，摇动理智的手柄，孤独的爱情战士便朝着失败发起一次次徒劳无望的冲锋。多情的罗克正是这样一位无畏的战士。刘亚之崭新明亮的牙齿刚刚安好那会儿，隐退的戏剧家的儿子正试着写他的第一篇短篇小说，内容是讲一名男子气概十足的毛孩子如何愚蠢地爱上一名纯洁无比的毛丫头。罗克战战兢兢地让刘亚之读了仅有的最初两页。教师刘亚之夸奖了一番小说的文笔，便力劝具有良好的文学背景的摇篮中的小说家打消这个花里胡哨的念头。她认为像罗克这样见异思迁没常性的五分钟热情持有者，不适合干这种令屁股生疮的乏味至极的傻事。罗克争辩说有一个写作中的美国佬（他暗想那就是当过兵的海明威）就是站着写作的。"那他的疮一定生在脚底下。"刘亚之做出斩尽杀绝的架势令罗克的作家梦暂告破灭。

中年人刘亚之告诫青年人罗克，一个年轻人不该躲在家里得病似的想入非非，应当走出房间，了解一下瞬息万变的世界。实际上对自己厌烦得要死的罗克出了自己的房间，又迈进了刘亚之的房间。

难舍难分的时期很快到来了。尽管罗克暗自放弃了海明威转而撰写卡尔维诺式的小说——描述一匹被邪恶的人类一分为二的马什么的，但表面上他被吸收为美术教师刘亚之的私人学生，他所免费学习的当然不仅仅是色彩关系和线条的表现力。在刘亚之的塞满了大师画册和无名之辈的摹本的房间里，反应灵敏的罗克很快被培养成能叫画布鲜艳到俗气的技工，这名等待称心工作的退役军人得刘亚之的仝力推荐，进了刘亚之所在学校附近的 家电影院，他领取工资的理由是每周替电影院画一幅上映影片的海报。过了大约半年时间，颇遭非议的海报作者罗克便被客客气气赶出了屯影院。因为附近的居民一致反映这家电影院半年来一直上一些面目可憎的人出演的故事影片，当然这是从海报的角度而言。罗克再一次退役，这一回他是从电影界与美术界的交叉地带转入了工艺美术界与搪瓷制品业的汇合处——一家地处闹市的百货商店。这一次依然是由他的启蒙者刘亚之引荐，罗克接到的第一件作品是：在一张硬纸上绘制一溜十只（如果尺幅允许的话就是十二只）图案各异的高脚痰盂，用来装饰临街的橱窗。

经历了近一年的仔细观察，刘亚之虽然不能断定喜欢大红大绿的罗克是不是一名弱视者，抑或是一个色盲，但他是个浪费（不仅仅是颜料）的天才是确定无疑的了。他蓄着长发，要不就理一个光头，双手插在裤兜里，一副落拓不羁功成名就的样子。罗克曾为欧文·斯通的《渴望生活》感慨万端，倒不是艳羡凡高的才华喟叹他坎坷的遭遇，是终生接济艺术家的提奥令他酸楚地哀叹出独子的凄凉。

11

急需哀叹的还有飞逝的时光和健步如飞的刘亚之。罗克以紧急集合的速度从床上的懒汉摇身一变为裹紧了大衣的惊恐者,在罗克那难以理解的起床速度的感召之下,尹芒也连忙胡乱穿好衣服,"怎么回事?"望着头发凌乱的尹芒,罗克懊悔了,他觉得不能欺骗正发狂地爱着的女人,闪念之间,他便决定痛改前非,将一切和盘托出,以赢得知书达理的尹芒的谅解。

过道里的电铃声威胁似的鸣叫起来,罗克几乎看见了固执的刘亚之还将手指死死地摁在黑色按钮上。

命运之神在这个星期日的中午由牙医章荣天扮演。一阵惊天动地的巨响从底楼传出,章家公子在一片嚎叫声中夺门而出,头也不回地窜入了十二月的冰天雪地。大门洞开,年近六十的牙医在穿堂风中瑟瑟打抖,老泪纵横地诅咒他的不孝子孙,指天发誓要亲手拔光大儿子的全部三十二颗牙齿,一个不剩。

对于家庭悲剧有着深切体会的刘亚之责无旁贷地成了这位冷风中的鳏夫的安慰者,她将他搀扶进屋,以前病人的友好身份疏导老人的胸中恶气。与此同时,几乎面临灭顶之灾的罗克乘人之危,带领晕头转向的尹芒,蹑手蹑脚地走下楼梯,继牙医的大儿子之后热血沸腾地夺门而出,避免了对一个女人介绍另一个女人的蠢事,同时奏响了罗克的似乎不道德的刘亚之之恋和似乎无可非议的尹芒之恋的挽歌。

12

　　头发湿漉漉的罗克在蒙蒙细雨中款步而行。他的两手前后摆动，似乎是为了配合脚底溅起的积水，所到之处行人唯恐避之不及，仿佛是在闪让径直开过来的洒水车。坏脾气的罗克此刻阴沉着脸，像一名占领区巡逻的士兵。

　　这会儿他正在去项安家的路上，为了按时出现在餐桌前，肉食主义者罗克一大早就出了门。由于路途遥远，罗克事先已将旅途分作三段，先骑十二分钟的自行车，然后将自行车丢在无轨电车站附近的小巷里，接下来乘二十七路电车从这头坐到另一头，最后，也就是现在他正穿越一个新村向着情人和午饭作最后的冲刺。

　　必须补叙一笔的是罗克在电车里撞上的色情插曲。时间大约是上午九点左右，车厢里照样人头攒动，来自五湖四海的乘客使潮呼呼的车厢内洋溢着一股子让人讨厌的雨腥味。散落在车厢各处的几组年轻女子嗓音嘹亮地广播着各式各样的隐私和爱好。罗克叫嗓音刺激得昏昏欲睡,忽然一名眉清目秀的中年男人将他紧紧地簇拥在怀里。罗克斜乜了他一眼,差一点没背过气去。那人那张白净的脸蛋上一只樱桃小口正朱唇微启,向罗克亮出那布满牙垢的牙齿,微笑之中含有一股酸咸菜的气味,其浓烈熏人的程度犹如在罗克鼻尖下翻洗他的性变态的胃。顿时,上吐下泻的感觉统治了罗克,他手脚发麻四肢冰凉地往人堆里挤去,试图逃脱这个电车人妖的纠缠。岂不知阵阵口臭在他脖子后面紧追不舍,大有不将罗克熏倒誓不罢休的大无畏气概。

惊慌失措的罗克不得不提前下车,然后一转身恶狠狠地盯住车门。车门咣当一声关上了,透过车窗上的那条窗玻璃,罗克看见一张媚笑的脸在向他告别。罗克猛然想到似乎在什么地方见过这个人,普鲁斯特式的联想方式帮不了罗克的忙。循着口臭,罗克绞尽脑汁也无法唤起对这同性恋者的记忆。他在雨中走了好一阵子也没驱散浑身的不舒服。"我得去洗个澡。"这一闪念终于敲开了记忆之窗。罗克似乎又看见了夏日游泳池中的场景,"那家伙的那家伙可是令人震惊呐。"

在过去的许多年中,在大街上漫无目的闲逛是罗克精神生活表现出的主要物理现象。无数个晦暗无比的下午抑或是阳光明媚的上午，闷闷不乐的罗克独自穿行在阒无人迹的街道小巷之间。他会时常光顾一些出售铰链、小剪刀之类物品的五金店，在柜台前转来转去，瞅一眼售货员放在柜台上的报纸、发票本什么的；通常他会去光顾一处新辟的道路，在几公尺外闻闻沥青味。这大概可以算做罗克的大部分闲情逸致了。本来第三阶段的路程是他重温旧梦之处，但是一个老资格的鸡奸者的出现令罗克此刻连小便都感到困难，就不用提冲着行色匆匆的美人儿幻想追香逐玉的黄粱之梦了。

连绵无尽的南方秋雨是这一卑琐上午的淫逸的花环。人行道旁的商店橱窗蒙着一层潮湿的寒气。罗克仿佛刚刚被人强奸了一次，面部表情就像演电影那样，悲愤和耻辱使他的五官拧成一团。他的脑袋瓜里不断地闪回电车里的一幕。这一整天全让它给糟蹋了。

13

台式录音机里正在放送双钢琴演奏的乐曲,它们的炫技使它没完没了的柔情稍稍褪去了俗气,而它们的琶音和那叫人透不过气来的快速模进却闪耀着上下班挤电车的疯狂,总的来说善良的项安陶醉于这类情感的致幻剂。再也没有比在雨天的上午,躲在家中干净的地板上忙乎午饭更让人惬意的事了。至少项安是这么看的。她不时走到窗前,眺望一下灰蒙蒙的天空,往下瞧瞧罗克那晃晃悠悠的身影是否出现。在她忙里忙外的空隙里,细心的项安不忘给录音机换上一盒磁带。这回是一支多人乐队在那里捣鼓他们的劣质提琴,弄出一片凌乱而刺耳的齐奏声。不过主题仍然是爱情。

项安的父亲把他们的房间布置得像一个小旅店的简易

卧房，风格简单明快，仿佛他们随时准备搬走似的，实际上他们在这儿已经住了快四十年了。这会儿项安的双亲都不在。这就是项安梦寐以求的天堂了。项安离开她母亲的子宫，来到这世界也可以说成是来到这个墙壁刷着石灰水的房间，从出了产房的那一天起，她每晚都与家人一起睡在这个房间里，直到罗克在她面前出现。

在认识怪里怪气的罗克之前，项安是个纯洁热情的女孩子。她的无邪的心灵受到的首次冲击是在中学时代的操场上，一个满脸粉刺的男体育教师，不知为了什么事恼怒起来，他捡起一只排球朝一名女学生的屁股掷去，并且大声骂了一句脏话。项安完全惊呆了。她从没聆听过如此洪亮的下流话。这给她的性意识播下了奇异的种子。罗克了解这一点，她在做爱时要他不停地说脏话，好让她欣喜若狂。不过全是耳语，就像指甲轻触着皮肤引动着皮下神经的呼吸。

她守着这空荡荡的房间，犹如守望着雨中的一片非洲沙漠。空气的湿度使她回想起每次渴望的瞬间。在丰溢滑润的思想丛林中迷途般绝望地呼喊，等待着粗暴的罗克来临，心室打开了鲜红的窗户迎接血液风暴的闯入。它将有力的搏动传遍每一处神经继而使它们紊乱和迷狂。体内的热气球在茵茵绿草之上充气升空，像一只断了线的风筝，一个酩酊大醉的酒鬼，一个语无伦次的失败的讲演者，一本电影胶片最后五秒钟的放映。一种窒息之爱在周身回荡，她的情感就像一扇没关严实的窗户，暴风骤雨无情地涌了进来。点点凉意令人宽慰地沁入肌肤，像风湿症的酸痛渗入骨髓，隐隐约约的快意在空气中滚动，犹如星云包围着天文照片中的绿色行星。她成了一个自己设想中的发光体，高速旋转着吸入意念的粉尘，她所理解的遥远漫长的生命现象化做一颗流星在瞬间为项安所体会。在某些时辰，她是一处微风拂过的神秘而宁静的牧场，在另一些时刻，则是一名雄心勃勃的骑手以及了如指掌的坐骑，她欲念的鬃毛火焰般抖动不止。她的呼吸输送出肺腑之言尔后纳入手足之情。即使在期待和回响之中，她的黑色的瞳仁也难以察觉地放宽了它的边界，向白色的部分侵入，在甜蜜而友好的融合之中领悟着致死的诱惑，并像一次预料中的概括弥散着涌向尚未浮现的晕迷之境，抽搐着倒入独自面对的镜中旅行。

接近十二点的时候，气急败坏的罗克好像一只湿透了的公鸡出现在门口。项安奔跑着过去开门，满怀爱怜地望着他，不知怎样服侍这只好斗的公鸡。罗克确实像一只鸡那样在门外沉思了好一会儿，似乎是在盘算要不要在过道里卸下他的往下滴水的羽毛。精明的项安对此情此景心领神会。当他对一件事物不满时，他就对所有的事物不满。避免罗克对整个世界事务的敌视的唯一妙法是赶紧让他换身干净衣服。项安为了配合罗克的险恶情绪，假装在衣柜里乱翻一气，然后取出折叠整齐的红色腈纶运动套装，在脸盆里倒上热水让罗克洗头擦身。"我有一件事要对你说。"项安一边想象着在历史题材的电影中那些扭转乾坤的关键台词是怎样被说出的,一边用一只玉色塑料漱口杯舀水浇浇罗克的脖子。"我一直想跟你谈谈这事。"正用毛巾在脑袋上乱擦一气的罗克忽然忐忑不安起来,这个图书管理员说话可是从来没有引言的。他从沾着水珠的眼睫毛后面瞪了她一会儿:"你怀孕了。""这就是你所能想象的最大的灾难吗?"项安自己也不明白为什么要使用"灾难"这个词,但是罗克完全叫"灾难"这个危险的词语吓倒了。

"你要知道人的嘴可是很毒的。有些字眼可不能轻易乱说。"罗克妄图用诚恳的劝说使项安收回她的灾难。项安再一次犹豫了,并在再一次犹豫之后再一次以她的痛苦之心发誓永不向罗克说出那段骇人听闻的乱伦故事。

他们在房间里默默地吃饭,随后上床默默地做爱。在罗克涨潮般的呼吸中,项安再一次看见了那个身影。她在一次新的漫游中回到了少女时代,回到了对她唯一的叔叔的无数探望的最末一次,回到了那个屋顶呈三角形的阁楼,回到了她父亲兄弟的怀抱。

那个夜晚,那个被叫做夜晚的夜晚,被妻子抛弃了多年的叔叔在一盏十五瓦白炽灯下等她,这个胸科医院的药剂师像一名在葬礼上神志错乱的吊唁者,他哭丧的脸上布满了情欲的沟壑。房间打扫得异常干净,几乎一尘不染,当她像往常那样顺手推开虚掩的房门，他正端坐在床边光可鉴人的地板上……

许多年以后，一个项安几乎已经无法辨认的日子，她的父母认为到了应该向他们的女儿说明真相的时刻，他们将女儿领到来访的叔叔面前，亲切地告诉她，这个低垂着眼睑的男人，这个她在豆蔻年华被责成每周探望一次的叔叔，这个曾经一度非常痛苦潦倒的被妻子抛弃的丈夫，因为他们不能生育，将他的亲生女儿送给了他们抚养。而这个女孩子就是……这是项安的个人影院放映最多的一部影片。项安完全理解罗克的劝告。她明白人类的嘴巴有多么阴毒。"好吧，"项安在罗克的怀抱中对自己忧悒地说，"就让我对这个男人撒个谎吧。"

14

在夕阳般令人缅怀的记忆中,在无法确证的未来年代的一次撰写之中,罗克是一名玉兰树下泪流满面的孩子。他单薄的身影在深秋某个黄昏的草坪上,为拂人心扉的晚风所抚慰,渐次远去的河岔、密林和山峦,是他内心秘密的象征,它们在自然界中的冷漠形态暗指着另外一些人工的事物。在他的童年回想中静谧无比的街道,冬季寒风中的小巷,陈旧的公寓蓦地改换了面貌,成为一个萦回不去的古老故事的一部分,罗克在他的设想中漫游着,不断修改着一个家庭的寓言,使之隐含的复仇之剑逆转了指向。这个不愿学习的自言自语的讲述者,怂恿自己去写就一部火之书,在漫长无望的虚构中,他偶然遇上了一则宿命的希腊故事,在爱琴海之滨那散发着崇高的肉体芬芳的古代，俄狄浦斯在一本小册子中说着汉语靠近了血腥的命运。罗克疯狂的社区故事借此获得了风景的海平线，他不再远航。他开始在内心的港湾里洗刷他的不为人知的耻辱。

在罗克的眼中，诸神及其子女在古代就居住在尘世之中，他们在悠悠无尽的岁月里出没于神庙、战场、宫殿、市政厅、街道、影剧院、学校、火车站，到处留下了他们的身影。他们的替身正隐形于我们的周围。这些神明洞察了罗克在幻想中追索的阴谋，并让他用血肉之躯作永世的偿还。他试图用谵妄的呓语写成一部有关忠诚的东方寓言，但仇恨像鸦片一样削弱了他的力度，使他失望地与他的故事合为一体，在无数世纪里沉睡不止。

他母亲的母亲，罗克是这样推想的，要求她的后辈在时光碎片中生活，寻求苟且偷生的深刻含义，并用优美智慧的语言表达出来。他在梦中无数次亲历了它的出场和仪式：槐树下的一把玉米，水井旁的一枚手镯，艳阳里的一阵唢呐，西风中的一支谣曲，庭院内的一洼清水，立轴边的一款雅号，烛火中的一缕白发，山水间的一声叹息。自从在广玉兰悄悄开放的季节里结识了见多识广的刘亚之，罗克转眼之间变成了一个全天候的梦者，他越来越难以分辨昼夜之间的含混界线，至于错综复杂的人情世故无疑是走起路来跌跌撞撞的罗克的永无出头之日的迷宫。犟脾气的罗克认为走出迷宫既徒劳又无趣，完全彻底迷失在迷宫里才是要义所在。

15

在刘亚之这个综合性迷宫里,罗克首先冒昧闯入的是绘画的迷宫。造型艺术的天敌罗克在穷途末路择路而逃已是万幸之事。随之而来的是女性的迷宫,傻头傻脑的罗克盲目乐观地误入歧途,无可挽回地走上了丢盔卸甲全军覆没的悬崖峭壁。刘亚之对罗克注定毁灭的结局了如指掌,在一个春暖花开香气袭人的日子里,刘亚之邀请罗克在和煦的微风中散步,他们穿越大街小巷,周旋于鸡鸣狗吠之间,对沿途各色古怪的建筑发表外行的评论,对于熙熙攘攘的人群刘亚之一概将他们视为芸芸众生,并且散布一种痛苦伴随着您之类的奇谈怪论。在凌乱不堪但目不暇接的荒凉景色之后,谋略家刘亚之从容不迫地将口干舌燥两腿发酸的小伙子罗克领进了迷宫的深邃之处,所谓曲径通幽。孤注一掷的罗克面对天生的赢家手足无措,狼狈不堪地东闯西摸,慌里慌张同时又惊又喜地投入了刘亚之的怀抱。

那是罗克的人生旅途上的又一个销魂时刻。在刚从丧心病狂的离婚诉讼中抽身出来的刘亚之的娓娓告说之下,罗克在众多彼此相似浑浑噩噩的日子中认出了这个阳光明媚的下午。他在一条僻静小巷的斜坡上与刘亚之聊了一小会儿,让自己沉浸在鹅卵石路面、熟铁栅栏门、红砖墙上虚掩着的百叶窗、某个窗口一方洗净晾晒的蜡染丝巾营造的有点死气沉沉的甜蜜安谧中。他们站在有阳光照射的那一边墙角,享受时光似的在墙根边沿的碎石子上蹭蹭鞋底,回味回味难得一遇的时间凝固的愉快感觉。他俩伫立在悄无声息的遐想之中,不时用目光打量一下对方,要不就是会心地抿嘴一笑,流露出美滋滋的喜悦心情。这两名一次友好搏杀前正跃跃欲试的对弈者,消闲解闷似的迟迟不愿辞别安静恬适的小巷风景。罗克看着面前这个半老徐娘,无端地生出一丝怜惜来。她在呢裙子下交错着双脚,乐陶陶地望着罗克,一副浑然不知的天真相。"这副打扮对她未免太年轻了些。"罗克不好意思将这一念头说出口,并以此开始对一个成熟女人的审度和猜测。

他们在刘亚之住宅门前的逗留无疑被罗克浪漫地放大了,这使他进屋以后觉得时间飞似的旋转起来。刘亚之跑到一面小小的方镜子前将盘在脑后的长发散开,然后摇摇脑袋甩动自己的长发。显然她预先精心梳洗了一番。这种取悦于人的卧室伎俩几乎成了刘亚之天性的一部分，完全超出了对镜梳妆的一般含义。房间里暗得出奇，双层窗帘将所有的窗户遮挡得严严实实，床头一只鬼火似的微型电灯被拧在笔杆型活动灯座上，丧葬的气氛盛于即将点燃的情欲。刘亚之若无其事地在房间里来回走动，犹如即将上场的替补队员在足球场外活动身体那么身轻若燕。罗克似乎是要在这个静悄悄的下午拯救自己年轻的身体，使之从一派混沌之中幡然苏醒。他随手掀开丝绒窗帘的一角，让脸庞沐浴在下午的阳光里。猩红色的窗帘陪衬着他的肤色，使罗克的面影产生了一种容光焕发的错觉。五公尺之外是一座与刘亚之的住所相似的楼房。二楼以下的大部分窗户全都处于一株巨大的梧桐树的阴影之中。小巷经过一个微小的坡度向东一拐沿着一长溜刚刚用桐油漆过的黑色篱笆墙通向一条僻静的街道，沿着街道向北是渡口，朝南不远则是一段港区外的堤岸！它光秃秃地暴露在沿江的住宅面前，无遮无拦地静候江水的拍打，逐渐呈现出一幅暗淡贫瘠的景象。浑浊的江水在阳光的照射下闪烁着黑色的光点，江水在缓慢无情的沉浮之间叙述着悄然埋葬了飘浮无依的物质的语言，它们状如阳光、水和空气一般递次转换着外部的形态，在冷漠而持久的星空下化做大地上的植被与沉积物，它们曾经是泛着泡沫的血泊而今仅只是寂静。在泥浆般波动的江面的另一端，一座荒凉的船坞倚江而立，朝着航道敞开着它的锈迹斑斑的内部。这番静止不动的景象无数次勾起罗克对记忆中兀然而立的一个多血而残暴的午后的回想。正是那个下午，由汽笛、中国锣鼓、种族的臂膀、黄帝子孙的喉咙构成的完整的瘫痪了的下午，罗克目睹了他父亲的精神的骨骼以及他水晶般安详的疲惫之心。在纸张、墨汁、浆糊、扫帚、黑色、白色、绿色、红色、吼叫声以及经过扩音的吼叫声组成通感的屈服之日，罗毅之在一群义愤填膺的闯入者威逼之下，正对着他的儿子双膝跪地，用他还在流血的舌头去舔地板上的血迹。暗红的血迹为柔软的舌尖所吮吸，在这一瞬间里喧嚣的世界仿佛进入了一个寂静的缝隙。房间里的暴力战士似乎成了洞窟中的无名石像，以殉葬品的漠然列席对革命的一个细节的见证。罗克试图领悟舌头这一生命门户的含义。它既是杯中之勺，是摄取内涵的一件银器，同时也是祭坛上的一具芳香四溢的牺牲，是火中之炭，是梦幻的一束花朵，是性欲的一次引申，或者就是罗克此时此刻的一次下体的冲动。

仿佛是在呼吸麻醉般的一次停顿之中，刘亚之来到了罗克的身旁，在回转自己的身体之前，罗克竭力把她设想为一个丰饶的宝藏，一只玻璃缸中的水母，丛林中叶簇覆盖的一枚露珠，一个可以也必须深入其中的幽冥之穴。当他完全从记忆之中转过身来，在惊愕中被拥入了一个温柔的湖泊，罗克觉得这一拥抱使他丧失了从前所有的拥抱，不可思议，一种介乎于燃烧与飞翔之间的感觉深深印入了感官，在冗长的鱼鳞般列成一片的气息中，爱欲花粉一般充满了他的肺腑，使他热切地渴望着潮湿之吻的连绵不绝的降临，同时，他的渴望像一只鸥鸟那样急速地飞翔着瞭望着，搜寻着柔顺的水面的一次获救的呼唤。他的激情在体内舞蹈着等候一次欢畅的演出，并且等待着对这一演出的敏感的欣赏。他等待着一次炫目的对话，一次闪耀的肌肤之疆的海市蜃楼。

但是，罗克觉得这火焰中的飞翔是那么孤寂，那么绝对，那么蜿蜒，那么高傲，那么蒙昧，只有对祖国这一称谓的呻吟才配与之相匹，并得以揭示出它的光华四射的秘密。

他们停了下来，仿佛是在观察一次渎神的狂欢之后的残迹。他们一根接一根地吸烟，不再交谈，甚至不再发出任何一丝声响。罗克像一名窥视者那样凝视着她雪白丰腴的身体，用清醒了的目光再次抚摸她赤裸的肌体。他让一个轻微的冲动振荡着，静候再一次演奏那部陌生的乐曲。他想象着再度分开她的私处，涉及那个如缕不绝的源泉。与此同时，来自他内部的声音使他产生了畏惧之情。一种道德，一种他所无法描绘的道德在无形中威胁着他仰卧着的身躯，他几乎看见自己为这个美丽的少妇所吞没。他庆幸自己还是个孩子，一个大个子的孩子，刚进行了一场邪恶的巡游，他几乎还没有抵达证明性力的年龄，但是他稍加思考就落入了原则的测试。

从下午到傍晚，罗克都在静悄悄地寻觅着，体味着，似乎在空气中存留着纪念之物。夜晚来临之际，远处江水拍打堤岸的声音再一次清晰地传至他的耳鼓，令他遥想起一部如泣如诉的乐曲。罗克俯身凝视刘亚之慵懒的睡态，从她的脖颈向肩膀的延伸之处领悟到一种强烈的女性的怨慕，她在室内微弱的光线中长久地休息着她的身体，同时，也休息着她的经验。在一名成熟的女性的身旁，罗克完全为幸福的遐想接纳了，他的感官为外部世界所控制，他完全失去了触摸智慧的能力。在他的脑海中勉强可以接触的是座钟走时的滴答声：这是时光之环的象征，是人类设计的用来欺骗自己的幻觉。

"你睡了很长时间。"罗克温柔地在刘亚之的耳畔低语，仿佛是在传递一个秘密。一次午后的睡眠使她苍老了，皱纹犹如一柄折扇在她的眼角展开，但是极为精致，恰似檀木所做，随着眨动的眼睛引动着罗克对幽香的憧憬。

"我总是睡得很死，我说梦话了吗？""没有。你睡着时的样子仿佛你是有意那样做的。你一直在微笑，就像你醒着一样。""我总是做梦，总是梦见性生活。这件事使人平静。有些事我没法跟你说……"刘亚之望着罗克忽然停住了。她的叙述，她弄不清自己是不愿意还是根本无法向面前这个敏感的情人讲述那隐秘的故事。但是罗克恳切的目光似乎是在召唤她，呼吁她回首往事，他的目光中蕴含着抚慰和请求。"如果你感到难以言说，你不妨就当做是在对你自己说话。当然，对你而言，我是另外一个人，但我想任何人除开自己都有一位'另一个人'，在很多时候，我感到我是什么人的'另一个人'。""噢，你这样说话让人觉得你是一个陷阱。""不，不是我，是我说的话，是言词……"

16

在刘亚之对自己重复过无数遍的故事中,在夏天洗澡类似于在热咖啡中加奶,类似于过度的饮酒和过度的吸烟,它的另外一个名称是性冲动和神经错乱。

"十七岁"。我无法描绘这个年龄,你无法深知,你最不容易忘却,也是你最想抹杀的年龄。那时候你觉得你什么都懂,你本能地通晓世间万物,这是你位于生活之上的唯一的也是最后的时刻,在这个年龄你可以创立一种新的哲学。在这个年龄你能够每日每夜听见自己的心声,除此之外一个人不会再有这样的时刻。那时候你甚至希望被强奸。当然,只是希望,而且是没有对象的。你完全不能设想它有多么危险,同时在这危险中又多么无忧无虑。在十七岁,人是一个老练的少年,一个懵懂无知的小大人。

这是一个高度聪慧的时刻，你可以急速分辨视野中的各类景物，但是对你的个人处境全然无知。在那个年龄的人隶属于一个更为内在的自我，一个在私人日记中毫无掩饰的假面，那是一个令自己头晕目眩的所在……

罗克觉得面前这个美丽动人的女人正围绕着一个神秘的具有强大引力的中心困惑不已地散步，她的神色中包含着犹豫不决的渴望，仿佛一封急需邮递的信件携带着一个纯粹个人的启示。她的每一个举动都显得迟疑起来，仿佛她身体的移动过于迅速就会划着了空气，使之燃烧一样。她在昏暗的房间里长时间地默然无语，几乎全然忘记了自己，似乎在等待别人来讲述她的故事。她的被抚摸所造就的成熟的肌肤在罗克的身旁闪烁着软泥一般的深色光泽。在这丰盈的身体内部所诞生的是一个什么样的故事，这超越了罗克所有的想象，但它也许像石阶一样平常而又层层累积通往一个君临一切事物的至高无上的处所。

她终于开始说话，她的声音在黑暗中梦幻般飘浮起来，恍若帆船在随风飘荡。"我不记得准确的时间，是在夏季，也许是秋季，是南方所特有的那种郁闷无比的天气。这无关紧要，重要的是那年我还不满十七岁。我记得我的彩色粉笔，我常常用它们在护墙板上画动物和小人，我的母亲为此总是责备我，好像我就是粉笔。她非常爱整洁，除了擦拭家具上的灰尘她几乎不知道还有什么可干的。她与我爸爸一样疼我，简直是溺爱我。但这正是他们一生中所犯的一个致命的错误。他们要是忽视我，怠慢我，让我感到缺乏温暖，厌恶家庭，那样也许倒救了我，他们那么善良，那么能理解人，他们用慈爱的目光望着你简直让你受不了。那时候我们家里有不少钱，这是我后来才知道的。我爸爸从前是个银行职员，他在家里总是无声无息的，仿佛他根本不在。正是这两点才有了后来的事，那些来抄家的人进屋的时候我爸爸正坐在客厅的大沙发上听收音机。据我母亲说他似乎根本没打算去阻拦那些五大三粗的汉子，他几乎没有站起来。他只是不断地叫我母亲的小名。我听见我母亲在卫生间外面央求那些人，告诉他们她的女儿正在洗澡，请等一等。反正是这类话，不断地央求。

"他们进来了，大约有近二十个人，全都长得非常结实，他们连看都不看我一眼，似乎他们对一个裸体的少女不感兴趣。他们用体操棒和铁棒拼命砸那只浴缸。他们事先得知我父亲把金条砌在浴缸里。他们把我困在浴缸里不让出来，他们不看我，也不淫笑，只是喘着粗气砸那浴缸。洗澡水一直漫过走廊，流进客厅，一直流到我爸爸的脚下。他居然还坐在那儿，收音机还开着，一些女人在合唱。

"我母亲完全疯狂了，她拼命阻拦他们，她为此被打断了左腿。他们把浴缸砸得粉碎，他们找到了他们要找的东西，一根金条。其余的全在卧室五斗橱的抽屉里。那显然是出于我爸爸的怪癖,而非藏匿的动机。

"这些男人忽视我,而正是他们的假装忽视使我第一次认清了作为一个女人的我,我记不得那中间的任何一个人的脸,但我记得那每一个动作。就是那个月里,我的月经提前到来,从那时起我非常渴望男人,一直持续到我结婚以后,但是我从来没有达到过高潮,我想看男人,但我缺乏快感。我想死,每次做爱都想,就这些。"她的叙述戛然而止,她在等待来自罗克的进一步的询问。但是没有。

17

陶波儿姨妈是一位难得一遇的离奇故事的忠实读者。她的平淡殷实的生活是由一系列探案小说陪伴度过的。柯南道尔、阿加莎·克里斯蒂、西默农是她的无法归纳的世界观的三个主要来源。陶波儿姨妈认为侦探,尤其是私人侦探是这个世界上最可以信赖的绅士,他们的思想乃至他们的生活全都井然有序,与这个乱糟糟的世界形成鲜明的对照,她甚至在私下里散布一种类似反面乌托邦的言论——世界应该由聪明的侦探来管理。问题是陶波儿姨妈的学问还不至于令她按捺不住地撰写一篇这方面的论文,否则真是会给堂堂学术界添上不少麻烦呢。在一天中的任何一个时刻,只要陶波儿姨妈有兴致,她就会向你历数福尔摩斯、波洛、梅格雷的英雄业绩。与此同时,她还要做出一副恐怖而迷惘的表情来惊吓你。但是人们总是认为这是陶波儿姨妈逗人乐的一种手段，丝毫没有体会到她那战战兢兢的内心。归根结底，陶波儿姨妈每次都是叫自己的复述吓得毛骨悚然，然后面色铁青地回她自己的亭子间打毛衣去了。这一天，陶波儿姨妈的生活中真的出现了一名侦探。来者是位和蔼可亲的中年人，他就像一名搽了过多的雪花膏的爱打扮的女人，衣冠楚楚而又香气逼人。他的结结实实的肌肉从窄袖西装的臂弯处鼓了出来，让人联想到他在热腾腾的锅炉前挥锹铲煤什么的。侦探进屋的时候，陶波儿姨妈正侧身躺在窗前一束玻璃反射的阳光里唉声叹气。"你好，我是来了解情况的。这是我的证件。"侦探把一个小黑本子塞到陶波儿姨妈的鼻尖底下。"啊，真好闻。"那阵子陶波儿姨妈正病得不轻，她用混沌的目光瞧着面前的陌生人，"你是谁？""我是来跟你交朋友的。""朋友，我不要什么朋友。"陶波儿姨妈开始唠唠叨叨起来，"我只跟我家庭内部的成员交朋友。我奶奶告诉我，万事要从家庭内部开始。外人是很危险的。""侦探"是来调查罗克的，遇上这么个谈吐自然但又重病在身的老妇人，也只能扫兴地折返回去了。陶波儿姨妈是被街坊们称做老处女的那类人，同时，她还是一名装糊涂的能手，这是她不为人知的一面。三十年前，一个凉风习习的夏日的傍晚，一个刚见过一面的小伙子在卡尔登戏院的座椅上一边花言巧语，一边假装他的右手是一份礼物直往陶波儿姨妈的怀里塞。陶波儿姨妈可是个规矩人，尽管她火冒三丈，但还是装做冷淡的样子朗声问道："你干什么？"

在罗克眼里，陶波儿姨妈是一位孤独而可爱的老妇人。除了那织完了又拆，拆完了又重织的毛衣，那书面泛黄的探案小说，她几乎没有其他爱好和收藏。罗克曾经问她为什么不结婚，陶波儿姨妈便放声大笑起来："结婚是一件可笑的事。"她告诉罗克："当然喽，不结婚同样可笑。"

侦探来访的那天晚上，陶波儿姨妈似乎是因为她的终身爱好突然出现在面前受到了惊吓，没吃晚饭便被送进了医院，当晚便因突发性心肌梗塞去世了。撒手人寰之前，陶波儿姨妈神秘兮兮地冲罗克嘀咕了一句："那是一个警察。"这便是陶波儿姨妈的遗言了。

罗克一直非常怀念陶波儿姨妈。她是一个好人，一个从不以自己的怪毛病到处骚扰别人的人，一个听从于内心的声音而又不固执己见的人。她的有点怪模怪样的豁达带给了罗克许多舒心开怀的时刻。

那位侦探，按照陶波儿姨妈的临终遗言：那位警察，没有再次出现。谁也弄不清楚那天下午究竟发生了什么事情。罗克的父亲说是自己的儿子害了她，因为那个神秘人物是因为罗克找上门来的。而罗克则竭力申辩说那可能纯粹是陶波儿姨妈的幻觉。这成了一件疑案，一个被陶波儿姨妈带走了谜底的谜。与此同时，它也成了罗毅之朝儿子喷射怒火的借口。一半是为了躲避父亲的指责，一半是听从于感情的召唤，罗克暂时搬了出去。

18

共青团公寓外铺着一大片水泥地坪,在公寓竣工交付使用后不到半年时间,它就成了一个收费的停车场。又过了半年时间,曾经如飞机跑道般整洁的地面变成了煤渣场。罗克和尹芒提着一肥皂箱的书籍,夹着热水瓶第一次光临共青团公寓时,正遇上一辆豪华型皇冠轿车同一辆标着49—牌照的运货卡车争着进入停车场,它们掀起的漫天尘土混合着外省卡车喷出的柴油黑烟,使公寓大门犹如一部警匪片的外景点——什么东西炸飞以后又被摔回原地。尹芒顺口给停车场取了个外号,管它叫"滚石大道"。为了纪念他们的稍稍有点招人耳目的情侣生活的开始,她给公寓分配了一个供他们俩私人使用的暗号——米克·贾格尔公寓。不过,这种多少有点无聊的文字游戏很快就给遗忘了，如同一度令他们恼火至极的公寓守门人以及电梯司机，这两个年龄相仿，性别各异的家伙完全可以在蹩脚电影里充任类型演员——窥视者。"你对他们熟视无睹就是了。"尹芒说。"你也只能熟视无睹。"罗克作出结论。

房间是借来的。房主是个奉行独身主义的女士，刚刚装修完房间便住进了精神病医院，左邻右舍反映这人是个花痴，男朋友特别多，详情嘛罗克和尹芒就不得而知了。

他们吸取了精神病患者何大芬的教训，有机会就弄出点巨响来，放声大笑啦（这可是从陶波儿姨妈那儿学来的），尖叫着念一段洗衣机的说明书啦，把唱机开得震天响啦，出门时把房门带得地动山摇啦等等，不到一个星期，邻居们就把他俩视做一对疯子，并为他们未来漫长的婚姻生活忧心忡忡。损失惨重的是在不得已的情况之下出租房间的眼下正穿着白色拘束衣的淑女何大芬，通走廊的门每次必须肩扛手提才能碰上司别令撞锁，厨房里的下水道，隔三差五地就叫烟头、鱼骨头、面包皮、茶叶渣、绞在一块的头发甚至一截秃铅笔给堵死了，罗克和尹芒只得挽起袖了侍候这只油腻腻的水池，墨绿色的腈纶地毯早叫香烟掉下的火星烧出了一个个的小坑，那上面还有不慎泼洒的咖啡和酒的污渍，高保真唱机的唱针已经被他们擅自用劣质唱针替换了好几回了。倒不是唱针本身有什么问题，而是不知道罗克怎么摆弄的，每当唱机自动回臂时，总要在娇嫩的唱片上划出一声刺耳的声音来，光荣负伤的名单上已经列有披头士和斯普林斯汀的大名,直到有一天中午,尹芒刚放上普契尼的《图兰朵》转了没几圈,合唱队在序幕中才唱了句"在图兰朵的故乡,刽子手永远繁忙。"那该死的唱针就在锃亮的唱片表面狠狠地刻了一道印子,他俩这才永远停止了唱机的工作。

19

在罗克和尹芒挚情相恋的年代,南方的晴朗天气日益减少,那些整日里搬弄玻璃试管和精密图表的人用一些被称做科学的字眼形容了城市上空那些可怕的灰尘和终将化做酸雨的黑乎乎的云块。这些遮天蔽日的灰色云层笼罩着街头巷尾匆匆行走抑或茫然伫立的人们。至于那些在泥泞之河的堤岸上徘徊的长者与少年更是反复呼吸着臭气熏天的河流的挥发物。人群啜吸着它赐了的水分,并且还得小心地分离它的毒素。在这条哺育了众多南方俊杰以及同样多的南方白痴的曲折河道的两岸,城市的景观谨慎而缓慢地变化着。人群时聚时散,经历着人世无常的哀痛和奇谲变幻摄人心魄之处。他们叹息着成为麻木的豪饮者最后在医院的小房子里的一扇小窗口前会聚一堂,或者在一种低能的热情的促动下去公众场合抑或某个旮旯里玩出一些令人眼花缭乱的极端举动，然后成为一名神经症患者被送进了戒备森严的诊所。

痴情的何大芬正是因为她特异的癖好和过分固执的信念演变为一名按时服药的模范。神情严肃的女看护每次发药时都能在她苍白的脸上瞧见那掩不住的喜悦。"噢，她是多么热爱那些药丸子。"护士们总是互相赞叹着。正是在这些赞叹声中许多时日消逝不见了，何大芬的面孔明显地浮肿起来，静脉曲张，肌肉垂荡，头发像秋风中的叶簇掠走了她安祥的神采，尽管这个未婚女人叫药物搞得呆头呆脑，但是只要女护士手中的药瓶在她面前一闪，那浑浊的目光中立刻放射出欣喜的光辉。每当这一时刻，她的战友，其余的神经症患者便汇拢来参观她又幸福又陶醉的模样。她的邻床一名思维敏捷口才出众的瘦高个女人冷不丁对护士说："何大芬同志这么喜欢吃药真是无药可救。""是的，"何大芬说，"没有我没有吃过的药。世界上有我没有吃过的药吗？"她朝护士质问道。心绪恶劣的护士本想说没有，但临到说出口却成了"世界上有很多你没有吃过的药"。句式完美地印合了何大芬的语言，这位女性嗜药者非常满意。

让人心情愉快坐不安稳的阳光明媚的日子并非绝无仅有。罗克和尹芒挑选了这样的天气来到郊外探望他们的房东。这是租房的先决条件之一。这次又人道又无趣的探访给他们留下极为生动的记忆。在怒吼着狂奔的长途汽车上，罗克和尹芒被开裂的人造革包裹的座椅弹射了一个多小时，最终在一座水泥桥边的车站下了车。桥下水禽在烂船边悠闲地来回游弋，仿佛对未来难以预卜的命运浑然不知，一幅与世无争的安适的田园景色。罗克和尹芒满面尘土，满嘴的沙砾，一路小跑，告别鸭子与鹅，赶上一位两臂摆动阔步向前的男子。稍一打听得知原是同路，便与这位精神抖擞的男子结伴而行。"就在前面，大约十五分钟。"这位面容俊美的男子伸出细长的食指往远处胡乱一点，话音中透露出一种兴致勃勃的劲头。

他甩着双臂犹如划船一般在前面引路。正午的阳光径直照射到沥青路面上，给人一种暖洋洋的感觉。让一位陌生人引领着去探访一处未曾谋面的医院，没有比这更令人昏昏欲睡的了。这一场景对于罗克来说是具有典型意义的。在他的恍惚如梦的追忆中，他总是担当着一个追随者的角色。在浪涛拍岸的堤坝上追随他的母亲，在小学生弄得飞沙走石的学校足球场上追随一名如今已经面目不清的跳木马的教师，他还追随博闻强记的同龄人，同他们一块不分场合地背诵名人名言。比如：领导我们事业的核心力量，再比如：你们青年人朝气蓬勃，正在兴旺时期。他还在放学回家的路上追随附近驯马场的马车，如果幸运，赶车的年轻士兵不太固执，他就手忙脚乱地翻身上车，搭乘上五十至一百米，再纵身一跳，下车回家去了。

"你们两位都是来住院的吧？"领路的男子问起话来

非常和蔼可亲。"不,我们是来探望病人的。""是来探望病人的,那么请问他是住在几病区的?""第四病区。""那可是一个模范病区啊。"男子边说边流露出一种无限神往的表情。"你也是去探望病人的吗?"尹芒问道。"不,我是医院的人。"听那说话的口气,仿佛他是在说:"医院就是我的家。"

在郊区公路上,三个人边走边攀谈起来,但他们走出去不过一百米,谈话便变成了"医院的人"的独白:"看样子你们是读书人吧?不瞒你们说,知识分子我一眼就看出来了。哎,你们有什么爱好吗?""医院的人"突然神秘起来。"什么爱好?"罗克和尹芒赶紧问。"什么爱好?还有什么爱好,越剧呀!——"说着,他便咯咯地笑了起来,"知识分子们就是爱好越剧呀!知识分子们就是越剧呀!……"生活中所谓不期而遇的事大多都能让人心惊肉跳。尹芒恶心得真想跳将起来扇他几个耳光。可以断定,这位自作主张将越剧与知识分子混为一谈的女里女气的引路人是个精神病患者。眼下罗克和尹芒正由他陪同前去探访何大芬。难道在这个世界上还有谁能够要求一名精神错乱的家伙去关注别人的反应吗?任凭罗克和尹芒在一旁咬牙切齿,"医院的人"依然故我地滔滔不绝:"越剧是精致的,越剧是崇高的,越剧最擅长的就是揭示男女之间的爱情。爱情是崇高的,爱情是精致的,爱情最完美的体现就是在越剧艺术之中。在艺术中,越剧……"

20

在接到含义暧昧的悉尼长途之后,整整一个星期,罗克没有丝毫理由地赖在家里,没去商店上班。商店经理来过一次电话,询问他是否病了。"是啊,我病得不轻。"罗克冲着电话恶狠狠地嚷嚷。罗克感觉到自己是在冲着一个偌大无比的事物发火,而所有的人都是这一事物的一部分。

商店经理那欢快的表示劝勉的嗓音刚刚在电话听筒里消失,罗克的老朋友朱克那圆润的嗓子紧跟着一连串呜呜呜响的铃声冒了出来。

"罗克,你怎么样?"朱克一如既往地用极为夸张的语调传达他的虚情假意。

"你有一年多没给我打电话了。你怎么样?"

"我可真是太忙啦。目前我正在研究《易经》呢！你知道，我这个人兴趣广泛……"

罗克暗想这个世界上兴趣广泛、劲头十足的人真是不少，他们的枕头底下一定塞满了维生素片剂和蛋白质注射液，朱克是这方面的集大成者。他曾经摆弄过口琴、二胡、扬琴、琵琶、月琴、手风琴、风琴、小提琴、吉他、电子琴、钢琴，他能把所有这些玩意全都弄出声音来。他的余兴则是：斗蟋蟀、搓麻将、打扑克、下围棋、下象棋、下跳棋、下陆军棋、下海战棋。他曾经撰写过短篇小说、中篇小说以及长篇小说三部曲。诗歌方面的产品有短诗、组诗、长诗、无韵体诗剧甚至格律诗，还在一个红封皮的小本子的扉页上标明了"史诗"的字样。朱克还写过一些戏剧作品以及电视剧、电影剧本。多才多艺的朱克的最为令人震惊的业绩是他那部名为《新哲学》的专著，他在这部哲学著作中据说创立了中国学派。他曾经到处跟人说，他打算将手稿复印一份寄给联合国教科文组织。罗克看到过这部巨著的大纲，洋洋二十万言历数他个人的经历。罗克觉得称它是朱克的回忆录（思想史？）可能更合适。

"喂，朱克，我记得你曾经研究过易经。"

"常读常新嘛。再说这一次我是和气功结合在一块研究的。"

"我猜也是这么回事。"时下正流行着嘛，罗克一直十分钦佩朱克用之不竭的创作能力。托尔斯泰们忙乎了一辈子的活计，到了二十世纪，叫朱克这样的年轻人一个月就干完了，并且还有时间在各种场合抛头露面，从事广泛的社交活动，在各色人等中间摆弄唇舌。罗克替朱克猜想这样过日子真是又体面又舒坦。

"嘿，罗克，你没有什么感觉吗？我这可是带功给你打电话呢。"

"你别电着我，有什么事你快说吧。"

"知道我碰见谁了，猜不着吧。尹芒。知道怎么回事？离婚啦。"

"你别是气功走火入魔，撞上鬼啦。"

"得啦，别来《聊斋》那一套。什么人鬼情啦，正经的大活人。"

"一周前，我刚接的孙澍的长途，说是她死了。"

"这个也不懂，恶心你呢。"这一点罗克倒是能够领会。朱克是那种惯于把人类定义为互相恶心的人的人。他个人对其他人的仇恨可能要高于某一个种族对其他种族的仇恨。他总是活蹦乱跳地卷入各种纠纷之中，充当见证人、调查者、帮凶、新闻发布人、书记员、道德仲裁者。他替人制定计划，定期展望未来，通常他总能够将个人妄想与社会舆论混为一谈。他所传播的每一条消息都附带着一则高尚的准则，仿佛他是在朗诵《圣经》。

"嘿，罗克，你不去看看她吗？人家可是远涉重洋啊。"罗克几乎已经看见朱克那在脏乎乎的领子里摇来晃去的脑袋,升腾着热气。

"还是你去吧,尹芒对你挺有好感的呢。"罗克说。

说尹芒对朱克颇有好感是不公正的,正如说朱克对尹芒颇有好感一样不公正。他们两人犹如一对生物界的天敌。一碰面就免不了唇枪舌剑一番。久而久之,几乎成了一对搭档,哪怕是在大街上撞上了,两人也非要在电线杆下驻足来一番舌战。最著名的例子是某年夏天,朱克与尹芒在医学院路拐角处邂逅,这可以称得上是典型的遭遇战,因为缺乏思想准备,两人一时语塞,但几乎是同时,他们瞧见了路旁电线杆子上的调房启示。那一天,他们的话题是:街头张贴调房启示的"社会学含义及其成功的几率"。论战的一方是傻小子,另一方是傻丫头。

21

当然,回想起来他们第一次会晤的历史性时刻,还是挺有滋味的。如果说随心所欲的幻想和无所顾忌的虚构更能满足一般人的创造冲动,而对某一事物的忠实模仿无疑占据着较为崇高的位置。那次精心安排的聚会绝对值得人们用笨拙的文笔来全力复现它,因为它使身怀绝技的各路英豪会聚到了一块,譬如朱克、尹芒这样英勇善战并且敢于冲锋陷阵的勇士。

主人剑英女士是一位乐善好施,而且醉心于艺术的中年人,但是她的出奇的美貌加上她的出奇的性感打扮——她竟然穿着黑色紧身衣接待满屋的客人——使她显得出奇的年轻。全体有幸光临的老中青艺术家以及准艺术家一致盛赞剑英女士是一位南方中国极为罕见的艺术赞助者。剑英女士自始至终情绪饱满，笑容可掬，接待每一位在场的人。客人们不停地抽烟，喝酒，往嘴里塞那些窸窸窣窣往下掉渣子的甜点心，他们把水果皮扔得满屋子都是。不多一会儿，房间里的空气就让人联想到澡堂子的大水池，尽管如此，剑英女士依然和蔼可亲，她时而递烟送水，时而端坐在一旁，凝神倾听，俨然是一位华裔的梅克夫人甚至华伦夫人。在主人殷勤的招待之下，一些伟大的词句、费解的理论、庸俗的笑话、无聊的消息开始此起彼伏，所有的人都是发言人，他们根本无暇顾及别人在说什么。只有剑英女士似乎是唯一真正的听众。她脸上荡漾着善解人意的微笑，慈祥地望着这堆老小孩和小大人挤在一起喋喋不休地吵吵嚷嚷，只听见结构、存在、感知、超越以及诸如此类的俏丽的字眼在刷得雪白的天花板底下飞来飞去。与此同时，朱克和尹芒已经就故事大王欧·亨利与小说零售商巴塞尔姆之优劣争论了半天。在此期间，罗克持续不断地品尝着各类可以入口的东西，还向一位他所熟识的青年诗人推荐了拿破仑、树皮蛋糕、掼奶油等几样可口的甜食。凡是跟奶油沾边的点心全都会让罗克欣喜不已。他在尹芒身边听了一会儿，也没听出个所以然来，便凑着她耳朵提醒了一下几样值得一试的点心，然后一个人跑到房间的角落里看电视去了。

"不舒服吗？小伙子。"剑英女士具有诱惑力的身子紧挨着罗克坐下来时，电视里一群穿得很少的女舞蹈演员正在玩命似的蹦来蹦去。

"不，我是电视迷。"罗克朝尹芒瞟了一眼，她正跟朱克伸着脖子指手画脚呢。他转过脸来："这些人你都认识吗？"

"差不多吧。"

"这可真够你受的，他们可都是些特别能吃的人。"

"你很了解他们。"

"不太了解，你要听他们谈起亨廷顿或者托夫勒来，好像他们就是那两个美国佬本人似的。你永远也弄不清他们是谁。"就这样，像绕口令似的，两人你一言我一语在电视机前胡扯了好一会儿，直到朱克失手打碎了一只杯子，晚会才停顿了一下。朱克哑着嗓子跑过来对罗克说："我被她击倒了，跟你一块来的那个女人太能说了，我太丢脸了，我得走了。"接着便匆匆离开了。

尹芒后来告诉罗克说朱克哪里是在谈论问题，他只是迷恋自己的嗓子，想听听自己说话时的声音罢了，后来他的嗓子哑了，他一下子就垮了。

剑英女士家的聚会有点像一处艺术荒原上的小驿站，它的旅游者很少还有故地重游的兴致。再说这位性感的黑衣女人显然有那么点神秘，在那个夜晚之后的几年中，关于剑英女士有过一些谣言，各种说法从四面八方汇拢来给人这样一种印象，仿佛她是开黑店的女老板孙二娘，专做人肉包子的。有一则消息说她倒卖文物，被判了徒刑押往青海去了。还有的说她入不敷出，开销太大，只好操起了卖淫的勾当，这样想来倒是那帮高谈阔论的食客玩了她。

罗克每每想起那一幕幕的滑稽场面还直替她惋惜的，好端端的一位妇道人家硬是叫一钱不值的狗屁艺术给糟蹋了。罗克那怜香惜玉的念头并不是毫无来由的，倒不是因为人们的舌头成了剑英女士的墓茔，而是她的住处使罗克联想到了陶波儿姨妈谈起过的一些有点怪诞的往事。陶波儿诉说中的一个地点就是现在剑英女士与她的十几户邻居合住的德宏别墅，它最初的主人是一名马来亚籍的华裔船长的第五房太太，而在这个名叫玉儿出身青楼的风骚女人的诸多情人中间，就有罗克的表哥陶列。这个故事在疑神疑鬼的陶波儿姨妈说来玄乎得无法说清，她总是推论她的坏记性害苦了她，使她连养子的面容也忘却了。然而，作为探案小说的虔诚读者，陶波儿姨妈犹如一名老资格的侦探，恰当地记住了一些细节和物证，例如玉儿、德宏别墅这些名字，她特别强调的是一具红木的雕花屏风，"他扛着那东西像个疯子似的不分昼夜到处乱跑"。他最终死于淋病。

22

有些事情自始至终无从追忆,没有谁能弄清它的边缘,渗入它的精致的内部,就如一个少年挥斧劈开一段伐倒的橡树,同时他对此事一无所知,他是在非常盲目的情况下触及了那个秘密。罗克仿佛看到自己在垂暮之年回首往事,但依然对自己的所有举动茫然无知,他恍惚意识到似乎是在梦中行走,步履是那么飘忽,充满了倦意。他周围的空气似乎是一种染过的蓝色气体,蕴含着嗅觉接触不到的诱人气息,让人误认为他正在经历的每个瞬间都是前世的一块碎片,在它的表面布满了灰尘和绝望所掩盖着的浮雕画像,令人不由得在心中独自追抚不已。傍晚,街道稍稍安静下来的那段间隙,当夜晚更漫长无边的寂静来临之前,罗克将食指插入了电话机的有机玻璃拨盘,那组熟悉的号码忽然之间像远处的一声招呼极为陌生地涌入了他的记忆,但它似乎不是应邀而来,仅仅是在他周围逡巡而已,就像毫无防备的耳朵获取的一段古老旋律。如果他不是想要和死亡通话,那一定是想轻而易举地越过未经证实的死亡。但是罗克志忑不安的心情比他最终远离尹芒更令他心绪不安。他设想曾经有过的日子中重复过无数遍的某种景象并非如他渴望的那样再次出现,那个不可能的声音重返人世再次介入罗克的生活,较之它首次映入他的心房之屏更使他疑惑。他试了许多次,电话没有接通,他忽然感到在一个已知的领域里已经走到了极限,如同做爱时高潮即将来临的那一刻对身体未来状态的预感,他不能再这么明白无误地欺骗自己,以为他在内心一直潜伏着对无数次可能的归来的仅有的一次等待。他已经无力再三放纵自己的没有边疆的遐想,他必须换一种方式,让具体的事物将自己震醒过来,而不是固执地将生活看成是一个蓄水池,不必担心风浪或者暗流,人们跃入其中,做出各种姿势只是为了配合他们划动四肢产生的水的波纹。罗克暗暗地感到可笑,让自己的思想引导着做出这种日常的比喻,原因是使他可以抽象地讨论百般纠结的个人经历,避免痛苦的感情之舵毫无必要地与环境的风浪形成某种关系。他感到自己心甘情愿地向身外之物低头,屈从于对私人感情的放弃和杜绝。

  罗克感到自己总是不合时宜地不停顿地旅行,总是不合时宜地逗留于一些并未慎重选择的地点，这种双重的背时处境给他带来了昏迷的感觉，他只是从内部发现自己的面貌，而这一面貌的外在形象是他永远也无法仔细端详的，它宿命地被安排在他的视野之外，宛如一则永不显露的旨意，深藏于光天化日之下，它那明白无误的复杂之处使所有外在的探询归于盲目。他不再去触动电话机那乳白色的外壳，他把椅子挪开，使自己远离它，仿佛为了使身体落入空虚的遗忘。他就这样沉默不语地静坐在房间里，让思虑徜徉着，他无法涉及任何事物的内涵及其边界。罗克无法在尹芒和项安之间做出选择。他总是在一刹那就发现了一个女人与另一个女人之间惊人的相似之处，对于两者之间微妙的差异却视而不见，他从不分辨它们，因此永远地感受不到她们作为一个个体的新颖之处。她们的温柔，对他人心境的切实入微的体察，所有人的敏感的迎合和适当的疏忽，将男人拥入怀抱时那份深切的慈爱，用微笑拒绝他人时流露出的那份对信念的崇拜，迷恋惊人的美和若干艳俗的表面，她们善于指出男人的丢人的错失但又不失时机地表明她们的宽容。至于她们对性爱的保守态度丝毫不影响她们纵情声色时的忘乎所以的迷醉之态更是罗克难以辨认的，他无限忧伤地望着窗外南方特有的灰暗天空，听凭梦和记忆在脑海中不断地掠过，他既无法接触事件的结局，又无力去触摸那个已经为岁月湮没了的遥远的开端。此时此刻，变幻不定的回忆演变成了一座心灵的屏障,它是一个象征同时也是一个真实的物体,隔开了所有的一切,罗克与他的情人在时间屏风的两侧互相观望着凝神遐想。他在不经意间记起了他的未曾谋面的表哥,那个曾经在南方街道上拖着他的屏风奔走不已的人,他终于没有逃脱浪漫经历带给他的结局,他的荒诞不经的生活给了他沉重的绝望和巨大的怜悯,那个布宜诺斯艾利斯的盲者正是这么说的:"只要有一点点的放纵,命运就会变得冷酷无情。"

　　罗克无法将这一切都看成是一种抽象的或者是梦境式的启示,他模模糊糊地感觉到他从前与情人交谈时的话语在这样的夜晚也成了一种现象的屏风,每一次新的会晤都是对屏风的一次携带,最终由于空气的振动导致了具体的情感的坍塌,使间隔变成了虚无,眺望变成了纯粹的姿态。

Chapter 2

【卷二】

1

一觉醒来,罗克觉得容光焕发,昨天晚上入睡之前,他用开水烫了烫脚,花了好一会儿工夫仔细地刷了牙,含着一嘴白玉牙膏的香味爬上了他的单人床。因为睡得满意,罗克觉得镜子里的自己较之实际情况要精神一些,在打过一层香皂之后,脸上的雀斑(有人说是情欲的标志,有人说是癌症的预兆)似乎褪去了许多,这无端地给他增添了一层忧虑和少许喜悦。罗克是一个对身体过分敏感的人,头疼脑热,打喷嚏,流鼻涕全都会让他坐立不安,都会让他立刻联想到白血球与病毒之间的殊死搏斗,无论身体哪个部位不舒服,他做的头一件事便是捧起家庭保健手册,查到相应的那个部位,获得一个医学上的名称及其注意事项,然后翻箱倒柜找出所需的药物,用水吞服下去才算完事。罗克信奉中庸之道,他的解释是:适量吸烟,适量饮酒,适量工作,适量闲扯(有人说谈话最伤神)。总之,杜绝放纵。

上午十点,罗克从楼下信箱里取出一封发自法隆的蓝白封皮的信函,回到房间里,他顺手抄起写字台上的剪刀给了它一家伙。一页光滑洁白的信纸掉入了他的手中。那是他的老朋友,中学时代一同在课堂上趴着睡觉的同桌徐冰的信。信封上那一笔规规矩矩的钢笔字已经使罗克认出了他。窗外阳光明媚,几只麻雀正在院子里散步,看上去,一副闲庭信步的架势,但是不时以保持警惕的纵身一跃表露出那惊惧的内心。四周阒无声迹,这可正是读读远方来信的大好时光。罗克和徐冰之间已经有五六年时间没通音讯。罗克依稀想起上次徐冰给他来信是告诉他本人让大街上的一个伶牙俐齿的骗子给骗了,从那家伙用自行车驮着的一只纸箱里买了四只荷兰小棕兔(鬼知道有没有这种玩意),在家里养了不到一个星期,就招来了一窝老鼠,那四只被能说会道的中年人命名为荷兰小棕兔的四脚动物毫不犹豫地加入了登堂入室的老鼠行列,拥在一块吱哇乱叫着爬米缸,咬桌子腿,忙得不亦乐乎。"我花了十块钱。"他在信纸上痛心地叫了一声。

徐冰是个挺害羞的小伙子,高鼻大眼,长得漂亮,有时甚至让人觉得过分温柔了,他在罗克的名字前冠以"亲爱的"三个字,使罗克不大不小地吃了一惊。接着,他说他又被人骗了（谁信呢），不过这回是在冷得要命的瑞典。中学毕业以后，徐冰被打发进南方远洋总公司，当了一名给船体上漆的烂水手（他自己这么说的），几年啊，倒是跑了不少国家的港口，按他的说法是到处转了转，这次他在法隆港被一个妓女骗了。噢，那个女骗子骗术高超，她让他眼睁睁地看着他的"鸽翔号"驶离了法隆港。眼下他只好（只好？）待在瑞典了。"我太容易上当了。"罗克仿佛看见他在法隆他卧室的席梦思垫子上对一名妓女诉说着身居异乡的离愁别绪。在躲躲闪闪地形容了一番这个安静的北欧国家的风化情况之后，他写道："不瞒你说，法隆的姑娘倒是挺随便的，"他特别注明他指的不是妓女，"我怕染上性病，那事一次也没有干过，我至今仍然是一个人过。"罗克长长地舒了一口气，揉揉眼睛，仔细研究了一下信封上的邮票和邮戳。瑞典、法隆。没错。罗克寻思这封不期而至的信件是什么意思，难道就是为了向他这个老同学老熟人汇报徐冰在一个"挺随便"的地方依然守身如玉吗？罗克将这封暧昧的来信一连读了两遍，最后扔进了抽屉。"他总是在大街上受骗。"他总结道。罗克当即给徐冰写了一封回信。先是堂而皇之地责备他的同窗好友背叛了祖国，然后写道："既然你的船已经开走，我看你也只好待在异国他乡。既然你被骗入了一个高福利社会，那就小心别再让什么人给骗去第三世界国家，比如越南。"他在来信中说了法隆多的就是越南人。"我可是去过越南。"

罗克继续写道:"那儿除了没完没了地下雨和满地都是的炮弹皮没什么别的。"罗克暗自一笑:"我倒是差点就留在那儿了。"

罗克把信纸翻来覆去折成一个交叉的Z形,让对折的信纸互相含着。收信人要是个冒失鬼,想当然地这么一掀,信纸就成了两半,他也就只好一手捧着一块将就着读了。这是罗克用来捉弄信件收藏家的把戏。他把折好的信纸塞入信封,取过笔来,按着徐冰信封上的洋文地址,把左右那两大块对换了一下,便依样画葫芦地照抄一遍。然后贴上邮票,糊上信口,一溜小跑来到附近街上那只刚刚油漆过的旧邮筒跟前,一巴掌将信拍了进去,就在这一瞬之间,罗克才醒了过来。就如梦中物像凌乱,他记不清到底给这封将要远渡重洋的信件贴了几分几角的邮票,只好等着退回了。

罗克沮丧地往回走,心情陡然坏了起来。他刚迈入过道,就听见一阵电钻与砖墙较量的刺耳的尖叫响彻了小楼。紧接着,从牙医章荣天的家中传出了小型砂轮剖木头的嘶叫声,牙医的大儿子开始了装修婚房的庞大工程。

是啊。罗克想,幸福和不幸都是从一阵喧嚣开始的。

六十年前,罗克的年轻的表哥陶列跟随陶波儿姨妈从北方乘坐突突往前开的小火轮抵达东海之滨这繁华的都市,他们在九月的一个雨后初晴的下午踏上了南方湿漉漉的街道。甚至早在那个时候,陶列就是一个珍视自己信仰的人,如同陶波儿姨妈珍视自己的让书本和幻觉搅和成的恐惧,走起路来晃里晃荡的陶列着重的是自己的官能享受,年轻女人身上散发出来的阵阵香粉味,路边小摊上压在湿手巾上的白兰花,茶叶店里隐隐飘来的使人安详的植物幽香的混合气味,甚至烟纸店里的那股特殊气息,全都令他难以忘怀。陶列一下子就喜欢上了这个人种混杂的城市,它的街景和那些漂泊无定的居民构成的驳杂的生活,在一瞬间就唤醒了陶列那东游西荡的天性。他很快就放弃了私立学校的学业,混迹于戏院和阔太太的客堂之中,他用打情骂俏和无聊废话送走了许多时日。

有关陶列的传说和猜想使罗克无数次梦见他的这表哥的俗艳惊人的活动场景:夏季中最凉爽的一天,微风扫除了暑热,在僻静的小巷拐角处,在阵雨之后沁人心脾的空气中,陶列穿着一身白色府绸衣裤,手执一把檀香木折扇,跷着二郎腿,坐在三轮车上,身旁是他的家具——三折红木雕花屏风。他的"玉儿"。

屏风是一位马来亚商船船长的小老婆送的,这个拥有一幢西班牙式住宅的苏北女人就叫玉儿。玉儿从四马路迈入德宏别墅只在一夜之间,一如她在观赏《大劈棺》的戏院里与邻座的浪荡鬼陶列眉目传情乃至同床共枕,也在一夜之间。色情的演出点燃了烟花巷中的回忆,为人妾的难挨的空房岁月使皇后戏院的前排座椅湿成了一片,玉儿不等曲终便牵着陶列白皙的手指逃离了戏院。

所谓花好月圆，船长的床上尤物玉儿与陶列百般温存。在性生活的领域里玉儿是个狂想的寻衅者，但她在屏风后面若隐若现地宽衣解带的绰约风姿更令陶列迷醉，就如序曲中长笛吹出的引子，预示了一切也唤醒了全部。在陶列个人史的扉页上，玉儿信手签下了自己的芳名，她给他带来的影响是令人难以置信的。这段情史随着马来亚船长的收帆归来宣告结束，在他们挥泪惜别之际，玉儿把屏风赠予了陶列。玉儿没有想到她送给这个小白脸的不只是雕着一对凤凰的屏风。在陶列以后的荒唐岁月里，在性事上陶列成了一名偏执狂，倘若他不带着他的"玉儿"，在床前立地展开，他就只能向隅而泣。为此，陶列包租了一辆三轮车，拖着他的屏风，到处寻花问柳。但是，没过半年，这种糜烂的生活随着屏风的丢失进入了尾声。追香逐玉的生活使陶列嗜酒成癖，整天醉醺醺的，他永远也弄不清楚是在谁家的床前遗忘了他的"玉儿"。骨瘦如柴的陶列惋惜哀伤，就此一病不起，他不论白天黑夜地絮絮叨叨，九天以后，这个纵欲无度的公子哥开始浑身溃烂，又过了九日，他便念叨着"玉儿"一命归天了。那房间里的恶臭在罗家弥留了许久。

　　如今，连陶波儿姨妈也已辞别人世多年，但是陶列浮沉记的训诫意义却是传之不朽的。必须指明的是罗克是个稀里糊涂的人，即使他能背诵五十条养身之道，至多也只能遵守其中的三至五条，还得全看他是否让感情冲昏了头脑。罗克慌慌张张地在厨房里转来转去，东闻闻西嗅嗅，寻思着有什么可以当做早点的东西。最后，他给自己倒了一大杯白开水，从冰箱里拖出半块吃剩的面包，把自己安排在一张椅子上，慢条斯理地吃了起来。这样的早餐他是熟悉的，有时还会添上一份煎鸡蛋或者一杯牛奶，这全看他的兴致有多高了，至于再奢侈一点，譬如来上一杯橙汁什么的就显得离谱了。当然，如果是什么人请客那就另当别论了。家里的写字台上，蒙着深红套子的沙发啦，厨房的柜子里啦，经常会冒出一些可口的东西来，一箱罐装啤酒啦，一条进口健牌香烟啦，一盒红宝石点心啦，一篮子家乡土产啦，全是他父亲的朋友和朋友的朋友送的。要是刚好碰上罗克来了兴致，眨眼之间他就将它们席卷一空。

　　楼下的能工巧匠们停下了手中的电家伙，但几乎是同时，锯子又嗞嗞地欢唱起来。罗克心想与其这么在家心烦意乱地枯坐着，还不如出去转悠转悠。

2

罗克有时候幻想自己生活在另外一个世纪里。例如,二十一世纪,这个奢望不算过分:只要不遇上电影中的暴徒以及诸如此类的蹊跷事,别过多地跟那些一板一眼的、忠于科学的医生打交道,被他们用一串古怪难懂的名词镇住,弄得你见了脸庞红润、孔武有力的人就顾影自怜自惭形秽,而见了你的病友却又同病相怜无限同情,那就有可能混在众人之中,乐呵呵地过上一个世纪之年。在另外一些耽于幻想的日子里,他盼望自己生活在十九世纪,也就是艺术家们津津乐道的住满了浪漫派大师的时代。他甚至认定,在浪漫主义者血管里流动的不是血,而是芬芳香醇的葡萄酒。一个人只要不过分拘泥于精确的事实,在一生中总有那么一二天会陷于想入非非的甜美的小乐园。

罗克在暗地里经常私自与经典作品中的人物会晤,他毫不顾忌地置时间、地点、语言、趣味等等细节于不顾,尤为关键的是他不考虑可行性,所有这类容易招人非议的荒唐事,一次也没有被人撞见过。因为碰上一位做白日梦的家伙容易,而要遇上他正做着的白日梦的机会实在是微乎其微。不过世间自有一些偿人心愿的美事,要是两个爱做白日梦的家伙碰在了一块,自然会有一些令人解颐的好事。

没有什么人比罗克和尹芒看上去更相似的,这不仅指沉湎于遐想的习性、好吃懒做的禀赋、对南方某些僻静街道感情上的过分依赖、慵懒的模样和愁眉苦脸时的可怜样,最能入木三分地刻画出这对未婚夫妻互相映照之处的是他们倾心相爱而又各自残留着并不打算隐藏的对永世厮守的放弃的预感和筹备。他们能够在每一次欢爱中洞察它的痕迹、音响和催眠般的入迷之处。他们在圆月之夜品尝收音机里的音乐时,被节奏点燃的如同节拍器那么均匀那么高于内心控制的细致的感情波纹,泛化出言词无力涉及的树影摇曳之下碎银般的冷寂含义,他们带着疑问倾听这个世界的疑问之声,仿佛它会从它所不在的处所隐隐而来,叩响早已不再守候它光临的绝望的等候者的心扉。

沐浴在如此拐弯抹角的感情回流之中,远没有体验到男欢女爱所包含的欺诈的成分。六天以前,在罗克为一个莫名其妙的电话勾起了一番涟漪般的胡思乱想的同时,项安已经串演了另一出婚姻戏剧的序幕。罗克始终找不到任何可以证明他的迟钝的感觉不曾领悟的迹象。项安是在哪一个淫逸之夜抑或哪一个淫逸的瞬间迷上了这个美国中国佬的？她打着赤脚而他穿着一双足有马掌那么厚的锃亮皮鞋时才勉强一般高呐。罗克深信，她确实具备了在两个剧场之间穿梭登台的才艺，她能够在两出戏中投入全部身心塑造同一类型的形象——纯洁无邪的恋人，至于哪一出戏能使她获得成功她都乐意接受。不知从什么时候开始，她的文雅的举止中兼有了一种专供男人识别的秘密的媚态，在她的无意的眼波中一层博取异性目光的情趣之韵正遮掩不住地闪闪发亮。

正当罗克在往事之舟上奋力划水之时，"唐朝饭店"的老板马理查先生却挽着项安那娇嫩的手臂流连于人间天堂杭州的青山绿水之间。

马先生的饭馆并不像它的招牌所形容的如同一个盛大的古国。它在一家超级市场和一家七十个座位的小电影院中间夹着。它的精工绣制的杏黄色底子的字号宛如一面招魂的帛幡，在星条旗的一侧朝身世坎坷演技高超的项安频频挥手。马先生精壮的小个子黑乎乎的惹人喜爱，四十挂零的人，举手投足之间却把美国人的大孩子样学得惟妙惟肖，他能在项安的生父（乱伦之父）养父（天真之父）面前自封为她的第三任父亲（丈"父"），三任父亲指点一位爱女，那当然是无往而不胜的。

在项安尚未被一次婚姻最后带出国境之前，这对在中国注了册的上了年纪的初婚者在本乡本土进行了首次原汤原汁的国粹练习。一方虽然与列祖列宗在地球上各居一端，但是对处女膜的爱好与大陆同胞不分伯仲；另一方虽然竭力扮作是一名处女，一概毫无保留地献演又羞涩又渴慕的抗敌哑剧，但是冷不丁一声大胆忘情的叹息道出了若干真情。项安深受好莱坞电影的蒙蔽以为全体美国人都不会像罗克那样死心眼地在贞洁问题上与她纠缠不休。殊不知一堂美籍华人开办的中国伦理课已经越洋而来。可以想见，自修这门课将是项安毕生的功课。犹如"唐朝"的一日三餐，美国原料，中国工艺，顿顿不拉，餐餐考究。但是订婚的酒宴已经收场，三姑六姨已经在背后戳戳点点仿佛一夜之间她的身段已起了变化，项安头一回有了覆水难收之感。中国妇女的古典悲剧只好搬去美利坚合众国续演下集。更何况美国是项安所向往的，纵使刀山火海也只能任劳任怨，任煮任煎了。三星宾馆的套房里项安嘤嘤啜泣了大半夜，她的美色使马先生深感不安，她身上的每一寸肌肤分明是另一双手所塑造的。马理查又是父欢，又是忌恨，又是劝慰，又是蹂躏。项安又是快活，又是伏恶，又是委屈，又是愤恨。有一点他们相同，那就是期待无动于衷的那一天早日到来，或者像油锅里溅进了水有声有色地散伙。

3

仿佛是命运事先设下了一个小小的圈套，罗克漫无目的地转了一圈之后，心甘情愿地自投罗网。下午两点差十分，罗克为朱克的电话所驱使来了一次旧地重游，他将那辆又脏又旧的自行车靠在西村公寓昏暗的底层走廊里，匆匆忙忙地忘了上锁。罗克绕着大楼中央那架早已停止使用的锈迹斑斑的旧电梯一步一步往上迈，这座西式公寓似乎在它建成之后的许多年中装修过一次，但到了今天原来的土黄色从后来刷上去的草绿色底下毫不留情地暴露了出来，就好像泥土从卷心菜中冒出来一般面目狰狞而又令人难以理解，再加上那朦胧的光影效果，旧木头的湿乎乎的霉味，电梯架子的铁锈味，使罗克突然百感交集起来。他自己也弄不明白，为什么只要一闻到旧房子的味道，不论何时何地，就起了恻隐之心，就对沧桑、浮沉这样难以理解的字样满心的敬畏，就想起一批跟自己毫不相干的死人——迷了路困死在沙漠里的阿拉伯人，老死的哲学家，古战场上的无名尸首，离家出走的人，在光天化日之下失踪的人，自己否认自己乃至消失不见的人，在传记中熠熠生辉的人，在你的生活中出现却又在你的睡梦中道别而去的人，作古的伟人，为人怀念的恶棍，缄默无语至死不悔的哑巴，生前滔滔不绝废话连篇的人，谨慎的猝死者，欲死不能最终完好无损地变成石头的人，殉情的人，誓死捍卫一个概念的人，出生即死的人（死胎！），永生的人还有活死人。紧挨着的尹芒家的一个门洞里就花重金供养着这样一个植物的人。罗克这会儿还走过他（它？）的房门呐。

罗克刚想把食指按到尹芒家门铃的乳白色的小圆点上，另一侧的房门无声无息地打开了，一片下午的阳光进入了走廊，接着（命运啊！）一张苍白的、多皱纹的、香喷喷的、女性化的、男人的脸在逆光中出现了。

罗克恨恨地咬牙切齿摩拳擦掌，但又觉得到了认真反省一下的时候，为什么总是为同性恋者所青睐？在十年中，在一个千万人口的大城市中两次遇上同一个女男人这概率是过高还是恰好？或者干脆自己就是一名无意识的潜在同性恋者？

"高老师！"罗克无可奈何地喊了一声。这一声永恒的称呼，立即将他送回到中学时代那些令人作呕的生物课。苍白的但是温和的，脸部躲在阴影里的高老师用一种扭来扭去的声调说道，真是幸会哩！毕业那么多年也不知道来看看高老师……罗克打断他的话："我不知道你住在这儿。""啊——那么你这是来找谁呢？"罗克又看见了课堂上率领学生玩一只标满穴位的医用针灸人体模型的高老师，他那沾满粉笔灰的手指在那个一尺高的搪瓷男人身上摸来摸去，表情就像一名吃奶的婴儿那么陶醉。

"我来找一个朋友。"

"女朋友！"高老师会心地一笑，"这家可是有几个女儿，不过一个都不在家。一个坐了牢，一个去了外国……"他把充满回声的走廊当成了课堂，自说自话地生发开去。

"那就改日再来。"急于逃脱的罗克转身要走，高老师一把拽住了他的一只胳膊，"忙啥，到我的房间里坐坐嘛！哪有过门不入的道理。"这种劲头罗克可是太熟悉了，在中学的生物教研室里，在那个堆满教具的里间，在那些同样散发着霉味的挂着蜘蛛网的玻璃柜中间，正是这只手，解开了罗克那颇为得意的军用皮带（噢，那玩意儿如今跑哪去了？）

"不！"罗克用那只抬过炮弹的手一把拧开了那只执着的、忘乎所以的、湿乎乎的手。"解你自己的裤带去吧。"罗克就这么一路跑下楼来，马不停蹄地跑回家去了。当然，等他再返回西村公寓，自行车不见了。

4

作为一个行将启程的女人,没有比挑选随身物品更令她心烦的了。你真可以将女用提包比喻为小巧精美的行囊,那里边又干净又凌乱,仿佛是疯魔的下榻之处。刘亚之恪守着女性的嗜好,将小手帕、小牙刷、小指甲刀、小粉盒、小圆镜之类必不可少的玩意儿全都扔进那只褐色的仿皮人造革旅行袋里,等到她再想去清点一下,看看是否忘带了什么东西时,那些小东西早已跟没拆封的丝袜,洗干净的内衣,吸水纸,几封家信,二本小说,口香糖,连环画式的影集,分别由四五个小铁环串起来的钥匙,折叠式导游图,丝围巾什么的混在了一块。

罗克进门的时候,刘亚之正磕头似的跪在旅行袋前,左手撑着地面,右手在里面搅和,就跟在小池塘里摸鱼那样神情专注而又有点不胜其烦。

"你在找什么?"

"我想不起我的船票是放在哪儿了。你自己倒点水喝吧。"

房间里乱成一团,就像展览结束后准备拆除的展示厅。每一件东西都被置放在平日它所不该在的地方。

"你准备把这些破烂全都运到澳门去?"

"不,一会儿亲戚们会来取走的。"

"这些画怎么办?"

"当劈柴烧了呗。"

那些临摹得挺不错的风景画横七竖八地堆在房间的角落里,呈现出一个多世纪以前法国乡村的寂寥风光。罗克意识到,她真是要永远地离开了。当一个人把半辈子的兴趣和爱好弃之不顾时,她可能真是在面临一种不折不扣的变化。他觉得自己似乎对这一切早有预感,犹如在过去迷蒙的岁月中经历过这一场面。也许一切事物都将出现两次,一次在无法确定的记忆中,另一次则存在于唤起那种记忆的现场。

"我似乎早预感到有这样一天。"罗克没话找话似的假装随口说道。

"别说这种没意思的话,生活在预感中对身心健康极为有害。"她终于找到了那张船票,眯缝起眼睛端详了好半天,那股子满意的模样,就跟是在阅读一张银行支票一样。她穿着一身浅灰色的运动衫，新洗的头，耳垂下有一股淡淡的香水味，比往常年轻一到二岁，她在房间里转悠来转悠去，把每一样东西都掀起来看看，嘴里嘟嘟囔囔地报着物品的名称。罗克觉得他们之间已经没有任何可谈的话题了。

在某些转瞬即逝的时刻，罗克非常想自己是一个巧言令色的人，不停顿的说话也许能够帮助人渡过难关。望着这个离自己仅一步之遥的女人，那些不会再来的欢乐时刻栩栩如生地在眼前浮现，他就像是在哀悼即将为空间和国界的沙砾、泥土、枝叶所埋葬的一段轶事，而这段艳情的葬身之地会像一缕时光的絮语在伤逝之情的吹拂下飘往永怀之心的深处，并在那里安睡以至永恒。

夜幕降临，窗外白天的声音渐渐远去。

"要开灯吗？"刘亚之在灰暗中问道。

"你还是把灯泡摘下来吧。"

罗克和刘亚之就这样紧挨着坐在卷起来的地毯上。

"你饿吗？"不知过了多久，刘亚之忽然问了一句。

"除了你母亲，在澳门你还有其他亲戚吗？"

"我想会有的。只要我再嫁人就行了。不过我不会再结婚了。"她把脸转向罗克，笑了笑。

"我们会通通信吗？"罗克问。

"不知道。"

是啊。罗克想，除了刚刚过去的事情，我们还知道什么呢?天空收走了它最后的一抹余光,家具和行李的轮廓完全融入了黑暗之中,刘亚之忽然将手放在罗克的手掌上,一种带着异性体温的、亲切而安详的感觉扫去了忽隐忽现的欲念。罗克与刘亚之之间的关系在手掌的轻触之间被改变了。这是纯洁的握别,温暖中包含着一丝湿润,一如吻别之时留在额头的微凉的暖意。

5

罗克：

　　原谅我过了这么久才给你写信。我总是为自己辩解，说是我并没有答应给你写信，但是正是这种辩解使我感到应该给你写信。不过这可能是唯一的一封。我甚至直到此刻还不能断定我将要告诉你我的身世的原因。我想这样跟你说吧，知道这件事的除了医生就只有我的前夫了。当然，这也是他跟我离婚的原因。我不能生育，在夫妻生活中我除了装出一个女人所可能有的反应没有一丝一毫的快乐可言，我十七岁那年夏天发生的事只是原因的一部分。后来，我随同许多人一起去了北大荒的军垦农场，那年冬天，来月经时昏倒在水田里，从此月经紊乱，下肢冰凉，不知试了多少药也无济于事。我绝望了，后来，我的性生活有点乱了，但仍旧解决不了问题。我的子宫是寒冷的,今生今世无法改变了,我把这些告诉你,只是不想欺骗你,我猜你认识我时还是个孩子吧。请原谅我,我那样做不是因为我感到幸福,而是为了能够感到幸福我才那样做的。你错把我的痛苦当成了你给予我的欢乐。这使我非常难过,我几乎不敢想象你像我的前夫那样陷入病态,毕竟做爱是我渴望的,而这渴望使我远离了他和你。

让我们说声再见吧。

我非常抱歉。

亚之于澳门谷白道

6

过了没多久，刘亚之又给罗克来了一封信，在一张散发着香味的浅蓝色信纸上，拖拖拉拉地写了一大堆。她生活中的各类琐事，按照她感兴趣的程度在信纸上先后排列了一遍。她简要介绍一下她母亲的病况，还谈了谈她新近结识的一位男友，"他极其精明。"对于他的精明她像是既欣赏又有点无可奈何。她还告诉罗克说是在当地的报纸上读到很多内地不知道的事情，但是又故作惊人之笔说是"不谈政治"。在信的结尾处还写了一些让人伤感的话，表明她在写信时让对往事的浮想拨动了心弦。

罗克用两根手指捏着这封信，两条腿支在面前的桌子上慢悠悠地想着心事。刘亚之的悲剧性的（但未必不是享乐主义的）迁徙使得他得以腾出身来，独自过过被压抑的小说瘾。罗克一直将文学之梦视为他的基本需要的一部分，正如对美味佳肴的需要一样。但是，基本的（有时甚至是很热烈的）需要并不会导致他想方设法地去开设一家餐馆，最多也就信手翻翻油乎乎的菜谱罢了。

罗克犹如一名蓄谋已久的骗子，准备用文学史上一般惯用的自传式（吃里扒外式？）的方法写一写陶列表哥的事。在动笔之前，他思考了一下像朱克那样著作等身的同时代人将会怎样评价这个荒唐故事，从中挖掘出一星半点哪怕是它本身未必有的精妙含义来。他给这部未来的小说拟定了一个题目《屏风》，缘起于陶列拖着到处跑的屏风。从一件东西（不是人！）的得而复失，失而复得来塑造一群围着屏风转悠的形形色色的人物，写写他们的悲欢离合。比如：（罗克得意洋洋地想到）陶列死后，陶波儿姨妈（当然，得给她另外安个名字）几经周折，终于找回了屏风，但是到了一九六六年（沧桑啊）又叫红卫兵抄走了它，一九七六年以后，（特选的时间难道不是一种象征，一种隐喻吗？）归还的财产中独独少了这件（小说中少了不行的）玩意儿。于是，罗毅之（对不起了，老爹！）呕心沥血地四处探访，终于（又一次终于）发现了它。不过这是在罗毅之濒临绝望之际，偶然地（多么捉弄人的生活！）在某人家中发现的，但是这个人必须与罗家有着千丝万缕纠缠不清的呼吸今生前世的恩怨。（唉！谁呢？）就在此刻，红木家具的售价飞涨，（天啊！钱。）经专家鉴定,屏风上的凤凰乃出自明末清初的名家之手。于是,故事被引入了另一番天地。眼看着这小说快要浑然天成了,这几番不可或缺的波折使得屏风的故事吻合了小说就是故事,而且是峰回路转的故事的法则,使读者透过物看到了人,看到了人的命运,看到了时代的变迁。总而言之,写了家具就是写了历史。对了,还得再翻翻辞海,把屏字条,屏风条的内容改头换面大而代之地抄将进去,再去寄售行打听打听,搞点红木家具的专业知识,这样有了学问的样子,还有了熟谙风俗的架势,又有了可读性,再把力所不逮的地方索性写得云山雾障含糊其词,这么一来,个人的无能为力与世界的迷宫性质有了对照。但是,且慢,这有多丢人现眼啊,首先陶波儿姨妈就饶不了我。罗克暗想,别看她的养子死于脏病,但谁要是在她面前露出半点鄙夷的神色来,她不跳过来扇你的耳光才怪呢。再说,这样的故事读起来激动人心,编起来没准乏味透顶呢。谁知道呢?还是刘亚之说得对,这不是我干的事。

"你一个人在那儿叽里咕噜什么呢?"罗毅之提着眼镜探头进来朝罗克问道,"你要是再不去上班,人家叫是要开除你了。"

7

秋天已经来临。城市在霏霏细雨之中进入了夜晚,昏黄的街灯仿佛仅仅是为了映照秋夜的雨幕在孤独地闪耀着,它的有限的光芒很少被诗人赋予他们在自然本身或者他们的内心所发现的诗情画意。它的千篇一律的冷漠之光隐含着一种当代的、乏味的、持久的灾难般的感情。每当夜深人静之时,罗克便为黑暗中的声音所惊扰:远处行人的片言只语;悠长的夜风中窗户的一次清脆的碰撞;母亲在隔壁发出的一声睡眠中的呻吟;两点左右送奶工的最初的推车声,都成了不眠之夜的音乐和内省之槌敲击回忆之门的鼓声。几分钟之前,罗克在漆黑一团的楼道里聆听着项安下楼的沉闷的脚步声,直到她走出门外,最终完全为镶嵌着雨声的寂静所吞没。在黑暗之中道别时,他们都失去了将手伸向对方的兴趣，就像一本烂熟于心耳熟能详的书籍，已经再也没有翻阅的兴致了。它的封面已经因抚摸变得皱纹丛生，磨损的边页，空白处留下的个人批语，不慎撕毁的某些篇章，在无数次阅读中在欣喜的领悟中划下的表示深有体会的横线，它的版权页标明的无可更改的身世，扉页上的赠言，封底列出供人一目了然的它的概要。他无法设想是否会将它插入感情的书架中，如果有谁还想阅读的话，只有期待它的再一次印刷了，而这一册无论如何已是不堪卒读了。

在打开房门的那一瞬间里，罗克就试图澄清项安的来意。"我不想解释。"他毫无准备地开始聆听一次对不想解释所作的解释。但是接下来的谈话为一连串的停顿所隔开，就像一出哈罗德·品特的戏剧。"我不知道从何说起。"她说。"我帮你出个主意，就从不知从何说起说起。"罗克忽然之间就失去了厌恶的心情，他收拾妥当，准备在一组对话中编织进忏悔、内疚、歉意、失落感，对期许的回顾以及纯粹的言辞。"我们之间过于了解。"罗克想与这 断言成双结对的是"你我之间并不了解"。"算了。"项安忽然收住了话题，"我只是来跟你告别的。""既然是这样，那么你可以走了。"目睹自己如此无动于衷，罗克自问这是否可以称得上是一种过错，一种对愤怒的慷慨的舍弃。

项安的精心排练的雨夜的告别几乎等于毫无准备，她索性放弃了话语，兀自沉默起来。接着，哭泣伴随着痉挛和抽搐就像雷鸣伴随着闪电滚滚而来，罗克先是陪同沉默了一阵，但一俟项安那感怀的泪水涌出了眼眶，便终止了他的陪同。他知道，一旦上前加以劝慰以示理解，那么无可避免的将是仪式般的临别前的最后一次……他找不到一个恰当的词来表述可能发生的性关系。他从她抽泣的声音和呼出的气息中看到了那个怪异的场面。算了，罗克告诫自己，别做那些你无法表述、无以形容的事情。

8

翌日上午，连绵不绝的秋雨依然下个不停。在一股微酸的湿气中，雨水将少许梧桐树的落叶紧吸在人行道上，这些标明季节更迭的树叶，色泽深浅不一，那大致相仿的形状，对街道间或的点缀使得这座南方的城市弥漫着一丝不易察觉的颓废情调。

罗克打着一顶老式的黑色雨伞在雨中款款而行，尽管由于睡眠不足使他的神态略显迟钝，但罗克依然注意到这一场凉飕飕的秋雨把某些相处遥远的东西秘密地联结了起来。当他来到西村公寓门前时，雨下得小了。两只淋透了的麻雀从门洞里从容不迫地踱步而来，见了罗克，不愿打照面似的一拍翅膀上了楼前挂满水珠的电线。罗克没搭理那两个啄食的小家伙，三步并作两步径直来到尹芒的家门口，他侧身听听门内的动静，企图隔着门板用耳朵为自己还原室内的场景。室内很安静，听不到有人走动、说话的声音，甚至这种无声无息还驱逐了室内的家具。他按了按电铃，除了空荡荡的回声听不见任何动静。他又用手掌拍了拍门，立刻整幢楼里响起了一片拍门声。

"你找谁？"一个沙哑的女声在他背后问道。

罗克认出了这个剪着一头短发的年轻女人。"我认识你。"他听见自己几乎是在楼道里嚷嚷。"我也认出了你。"说完她就掏出钥匙捅门。"你从前是梳辫子的。""那是进监狱之前的事。你是站在这儿还是进屋？"罗克抬起雨伞往屋内指了指。"好吧。"她自己先进了房间。

罗克穿过过道站到了从前尹芒的七哥拉大提琴的位置上。客厅里只有一对满是灰尘的旧沙发，一只旧式衣柜，一把放倒在地板上的椅子，再加上窗台上摆着的一盒早已枯死的白色菊花，被卸下堆在房间角落里的浅色窗帘，没有别的什么了。

"尹芒半年前就去了澳大利亚。"那个沙哑的嗓音又一次从罗克的背后冒了出来，她给自己倒了一杯开水，慢慢地呷着。

"我来打听她的消息，听说……"

"你们没有联系？通个电话什么的？"

"没有。"罗克本想对她解释一下事情的来龙去脉，但是话到嘴边又咽了回去，"我只知道你是尹芒的二姐，一直不知道叫什么名字。"

"你就叫我二姐吧，这样比较省事。"说完又折回厨房给自己倒了杯水，"我也没有尹芒的消息。她从不给我写信。你还想知道什么？"她的一只脚别在另一只脚背后，形成一个舞姿，就像她刚上完健美课回来。

"就你一个人住在这儿？"罗克用一种播音员念天气预报的口吻发问，生怕对方误解了他的意思。

"他们都搬走了，家具都卖了。这房子不是我的。我也得搬。"说完这些话，她的第二杯水也喝完了，她顺手把玻璃杯放在柜子顶上。然后，穿过过道替罗克打开了门。"请吧。"她停顿了一下补充道，"我正保外就医呢。"

罗克无可奈何地提起那把滴滴答答往下滴水的雨伞往门口走去。在经过通里间的房门时，立在门边的一具红木屏风映入了他的眼帘。这一意外的发现使罗克的精神为之一振。

"请问？"

"别问了，作为一个男人你的问题太多了。""二姐"在关上门之前，从留下的那道门缝里开导罗克，"女人提一个问题，同时想十个问题，男人想十个问题然后提 个问题。"

9

作为尹芒的父亲、杰出的铁路工程师、三位不幸妻子的丈夫,尹东山那四处奔波的一生可以称得上是命途多舛。在他的诸多遗物中备尝颠沛流离之苦的痕迹依稀可见,一本缎子封面的笔记本里,一笔娟秀的钢笔字记载了近百首措辞浅显而喻义隐晦的旧体诗。风雅的比喻,对典籍的牵强附会的援引,对某些习语的疯狂的套用,拉家常式的大白话比比皆是,最为令人吃惊的是每隔几页就能读到受嫉妒之情折磨时发出的大声呼号。这些曲折的诗章藏头去尾地披露了他的前二任妻子的可悲可叹的离奇遭遇。那些令人苦不堪言的故往之事在旧体诗人尹东山的笔下时隐时现,断断续续地行进着。在那个夏天(在另外一首五言律诗中又似乎是在初秋的某一天)一位被比喻成水莲的女子（他的结发妻子）惨死于紧急刹车之时铁轮子与路轨擦得直冒火星的有轨电车之下。交通事故是预谋的，一排歇在路边的三轮车夫能够证实这一点。"那个司机发了疯。"他们一口咬定。司机是"水莲"的情人，诗人不知他为什么要残害自己的妻子，在这暴行之前他们的私情并未败露。铁路工程师想象着爱妻血肉模糊的尸体横卧在小型铁轨上。有时，开车的司机与妻子在隆隆行进的电车上比肩而立观赏街景的画面在一片叮叮声中取代了甜爱公园门口横尸街头的一幕。

跳过几页，在一组吟风弄月的篇章之后，他的第二位妻子仍然以水莲作为代词徜徉于日趋成熟的韵律之中，在一种仿古的音调中闪动着水莲二世弹奏钢琴时上下翻飞的纤纤素指，她温馨可爱的神态与海浪般波动的白色键盘海鸥般滑行的黑色键盘凝聚成一个夕照般动人心怀的绚丽景色。她在暮色中端坐在窗前半明半暗的光线中仿佛她已为岁月和思念所感动。她陪伴尹东山度过了他一生中的大部分美好时光，她的品德是无可指摘的，她是位少言寡语的继母，她总是悄无声息地出现而后又不动声色地退出，她总带着一种旁观者的沉思的神情，这一切进入了尹东山的生活，也进入了他的诗篇。但是她也没有逃脱死亡的阴影，那是哪一年（诗人在诗中问道）？她怀里紧抱着她的波斯猫从废弃的电梯井里坠楼自尽了。她选择了一个风雨交加的雷雨之夜，在一阵轰鸣之中被阴曹地府掠去了她沉默的生命。那只光泽如缎的波斯猫活了下来,但是人们还能期待它说些什么呢。在那些越来越沉重的诗篇中,找不到水莲第二谢绝人世的年代记录,同样令人不解的是也找不到原因。只有地点:被喻为"峡谷"的旧电梯井。也许,就死亡而言,地点是唯一致命的因素,而时间和手段仅仅是被偶然选中的道具。

铁路工程师的诗篇显示出他是一个多愁善感的人,但他并没有为一次又一次的死亡惨相所吓倒,一如既往地投身于婚姻的漩涡之中,他曾在一封寄自野外勘探营地的家信中鼓励他的众多儿子:"如果死亡仅仅是为了吓退我们结婚的热情,那么死亡早已不存在了。"

10

　　罗克推门进屋时，罗毅之正俯身在窗前的写字台上奋笔疾书，他的回忆录已经撰写到了他的学生时代。从他此刻脸上的表情来判断，他的心情是轻松愉快的。他的笔正在一幅有关故乡风情的图画上涂涂画画，他竭力使半个多世纪前的一个盆地小城复活起来，让留存于他的记忆中的山川水色在笔下发出声响。他的嘴里念念叨叨的，呼出的浊重气息直接喷到了稿纸上，仿佛这股仙气可以使书中人物起死回生。

　　罗克绕着桌子来回走了几次，见他的父亲依然全神贯注目不斜视，只得安下心来陷在沙发里恭候他文思枯竭扔下笔时再上前打扰。他伸手抓过一本倒扣在茶几上的《古今小说》翻了起来。他来回唰唰地翻着书页，似乎是在那里头寻找装订错了的某个页码。忽然他又把头埋进展开的书本中,陶醉于纸张油墨混合而成的那股子香味。最后,他啪的一下把书扣在茶几上,起身往门外走去。"休息的时候请招呼一声。""站住!"罗毅之从自传中抬起脑袋,嗓音洪亮,神气十足,"请问儿子,你是在跟谁讲话?"

"对不起,爸爸。我并没有想要冒犯你。"罗克听见自己正用躲躲闪闪的小嗓门哄骗他的老爹。

"我从没想到过你这样的青年还知道向人道歉。"老戏剧家尽管还是十分恼火,但是儿子少有的急转直下的谦恭态度就像冰镇过的柠檬水灌进了火辣辣的嗓子眼,使声音滋润了许多。

"我想跟你借三千块钱。"罗克不失时机开门见山。

"干什么用?"罗克扮演孝子贤孙的目的一瞬间就由他自己揭露了出来,但罗毅之的恼怒还是被儿子的话(台词?)唤起的亲情平息了下去。他仰身坐进桌边的沙发,开始往烟斗里塞烟丝。

"买样东西。"罗克的声音开始朝不肖子孙演变。

"买什么?"

"你给不给吧?"这会儿罗克开始扮演持枪抢劫的强盗。

"你是借钱还是上我这儿来支钱的?"老头子开心地望着被自己调动起来的儿子,再次体验到了当年在排练厅支使那些对台词的演员的惬意劲。"说明你的理由,可以当场提款。"戏剧家简明扼要阐明了获得金钱的代价。

"买样东西。"

"这你刚才已经说过了。买什么?"这句话刚才也说过。罗毅之想。

"屏风。"罗克吐出了这两个关键的字眼。

罗毅之几乎没听清罗克说的究竟是什么,他的目的已经达到。他回到写字桌前,拉开抽屉在一大堆牛皮纸信封之间翻看了半天,然后抽出中间的一只,从中取出一沓五十元票面的人民币点出六十张放到桌面上。

"你应该学外国人的样,不要老子的钱。"

"谁说的,外国人为了钱还杀老子呢。"罗克抓起桌上的钱一阵风刮出门去。

罗毅之最终还是被抢白了一通。他叹了一口气,重新回到他那在自传中变得愈加温柔可爱的故乡。

11

十二姐在监狱服刑期间使用的号码是9876,保外就医时使用的编号是54,她的父亲、痛苦的诗人、开朗的铁路工程师给她取的名字是尹楚。

这个名字在她本人看没有丝毫动人之处,她倒是宁愿人家叫她十二姐或者二姐什么的。她的一位最终令她倒了霉的黑人朋友一度称呼她"兔尾儿"(twelve)。一般来说,尹楚不在乎别人管她叫兔尾巴还是狗尾巴。从小她就是一个嘻嘻哈哈的乐天派,偶尔遇上什么烦心的事也就是号啕大哭一顿,然后擤擤鼻涕洗把脸就没事了。

要是让尹楚回忆回忆自己的童年生活,她的回答倒也干脆:"枯燥无味。"有人要是像警察那样再追问下去,她就变得支支吾吾起来,嘴里发出哦哦哦的语气词。尹楚与生俱来就是一名小团体活动家,从幼儿园到中学她的周围总是形影不离地跟着一帮男女同学,呼朋引伴地四处捣乱,内容不外乎少年儿童恶作剧所有的一切。尹楚顽皮的才能略高于她打发各门功课的本领。在相当长的一段时间内她一直被她的班主任视为潜在的青少年罪犯。(不幸的是这一预言被尹楚本人的行为所证实。)

尹楚离开学校以后的生活更加难以描绘。除了一如既往地拥有众多来路不明的朋友,她的美丽容貌和花枝招展的打扮使她从所谓纯情少女一跃而为烟酒并用的恶妇型人物。当她遇上高兴事一皱鼻子微笑的时候,多少还能从她那翘起的嘴角发现一丝天使的善意,其余时间基本上是一名不堪重负的神学家。

尹楚对父亲生来抱有好感,但是父女之间对话越来越少,她偶尔会对尹芒抱怨说:"我真不知道上了年纪的人整天在思考些什么。"她还总是发牢骚说家里就像一个礼堂的前厅,人来人往闹闹嚷嚷的,尹楚最为著名的对她的家庭的评价是:"景色单调。"她一直标榜对这个家庭负有责任,在这一点上她不像别的随心所欲的儿女,只要玩得兴起,就把家庭抛在了一边。她立志要拯救这个人心涣散四分五裂的家庭。她的这一志愿是当她听到父亲的噩耗时在牢房里对着管理人员许下的。

相对而言,尹楚与尹芒的亲密程度仅次于她们的多情而不屈不挠的父亲。她们经常就一些道德问题展开讨论,诸如，究竟是不是应该事无巨细一应俱全对父亲说，隐瞒是否等同于欺骗，偶尔撒个谎是否有益于良心的健康发展等等。不过，磋商的结果要看情形而定，这一周的结论往往跟上周的大相径庭。如果说尹芒是个女才子，那么尹楚就是个机灵鬼，这可以从她对欣赏音乐的独特解释窥其一斑。有一次寒假，她从尹芒抄录在笔记本上的W. J. 司密斯的神赐般的诗句"情人学校灯火已熄"获得灵感，阐述成黑暗中的痛苦和难于表述的困惑不需要光明，只需要抚摸。她又说在音乐中黑暗是通体透明的，聆听者只需要苏醒知觉，并不必观看。不过她已经记不清这些解释是否也是从尹芒的笔记上看来的了。

　　尹楚的第一位男友是她的同班同学。她无比珍惜自己的初恋，他们除用一种成人化的语言研究爱情的意义，凑在一块的其余时间就不住地亲吻，抚摸对方。当夜晚降临，不得不各自回家的时候，两人就模仿电影里的样子，频频回首以示恋恋不舍之情，直到一方消失在街角外，而另一方也隐没于夜幕之中。夜晚后的大好时光是专门用来炮制情书的，以备第二天在课堂上投桃报李，尹楚选用一种淡粉红色的信纸在桌上铺开，将她纵横驰骋的思绪拽入爱河之中。不多一会儿，一行行甜蜜蜜软趴趴的情话来到了纸上，各式各样的昵称点缀其间，什么大笨蛋、小傻瓜、甜心、毛毛虫、大力士、男低音……眼看着自己的感情在笔底奔流，尹楚不禁心花怒放得摇头晃脑起来。她的恋人，号称本校的情书大王，那是个因地制宜、对症下药的圣手，他惯于将道听途说的谎话、报纸杂志的标题、经典著作中的范例以及他自己的前期情书来个一锅烩，融会贯通丝丝入扣地输入少女的芳心。直到尹楚在同桌的女生手里欣赏了一批大同小异的作品，这段罗曼史才告结束。

或许是从她的父亲那儿继承了坚忍不拔宠辱不惊的风格，尹楚匆匆告别了具有历史意义的初恋，转身投入了接二连三的恋情之中。这些漩涡，能令人头晕目眩眼花缭乱的生死恋在各个不同的领域里重叠展开。她的恋人来自各个阶层，有小儿科医生、卡车司机、大学里的未名诗人、粮食仓库的保管员……终于有一天，她为一次人工流产而卧床休息时，才体验到了一种千疮百孔的疲乏和痛楚。她认识到这些短促而凌乱的交往只是罩着恋爱外衣的游戏而已。从外观上看它类似某种生活方式，实际上更近似感情上的自弃行为。尹楚挑选了一个家中无人的日子，独自放声痛哭了一场。她一边涕泪纵横地哭着，一边在各个房间里转来转去，去卫生间擤擤鼻涕，再转到厨房去倒杯水，路过客厅时往窗外瞅瞅，又拉开冰箱朝里瞧瞧。最后，她打开衣柜翻出自己的衣服，一件一件地重新整理这才算是平息了难以诉说的哀痛。尹楚个人历史上的这场情感大混乱花去大约十年时间。她意识到从出了中学校门到现在几乎没干别的事："真他妈的不上算。"她对她个人的十年动乱给出了一个评语。

12

罗克基本上不属于那类深思熟虑的人,尽管他脑子里稀奇古怪的念头并不少见。他习惯于让这些零零碎碎的云雾般的片段牵着走,而不是干一番综合、归纳、整理的工作。他怀里揣着从他父亲那儿诈骗来的无偿贷款,像一名等候交换情报的初出茅庐的间谍,沿着西村公寓对面的人行道来回散步。在他的设计中必须出现的尹楚老不露面,他只能一遍又一遍地想象那只待价而沽的屏风逐渐地为灰尘所覆盖。西村公寓房顶上矗立着一排排形状各异的电视天线,此刻,朵朵白云正在那上头缓缓飘过,湛蓝的天空与三天前那个浓云低垂雨声淅沥的上午相比别有一种令人美滋滋的恬适之感。慢慢踱着步子的罗克并不焦急难耐,他之所以选用了守株待兔的方法一半也是为了消磨时间,不过更主要同时也是更隐秘的原因是怕与那位退休生物教师再次重逢。对屏风的渴望和免除会见高老师的祈想成了罗克的符咒，他的眼前一忽儿浮现出擦拭一新光艳照人的屏风，一忽儿他又瞥见高老师横刀立马一般兀自跳将于醉抚瑶琴般飘飘欲仙的家具收藏家罗克面前，挡住了他的去路。在罗克那难以泯灭的记忆中，高老师不愧为一名遗世而立的人中豪杰，他毫不掩饰地手捧丝帕似的捧着教具和课本，用京剧旦角的舞台碎步穿行于校园的操场和走廊。他像一名淑女那样含颏微笑，与那班尘埃野马般的足球小将婉转对谈，他周旋于女老师间显露出的那股子亲密无间的模样使罗克联想到那些持家有方的家庭妇男，他外套肩上那永远掸不完的头屑又使他的形象倾向于某类爱好独身的中年男子。而他混杂在教工合唱队里引吭高歌时发出的悦耳鸣叫，使他酷爱男风的习性披上了一层古代地中海遗风的健康外衣。尽管如此，高老师还是在四十岁上娶回了一名貌不惊人心地善良的纺织女工做自己的妻子。这位快嘴快舌无遮无掩的妻子不到一年时间就替他产下了一名三斤七两的男婴，乳名阿雄，多少反映了点高老师那复杂微妙的雄心壮志。三年过后，就在罗克高中毕业的那年小孩子初具规模，高阿雄活脱脱出落成父亲的微型拷贝，举手投足之间表明他将高老师的内中隐曲体会得熨帖自然，他的父亲犹如一名慈母将他揽在怀中，出入于各个教研室的桌椅板凳之间，向男女同仁一一展示他的个人作品。高阿雄逢人便乐笑口常开，涎水顺着腮帮子蜿蜒而下，径直粘上了父亲的前胸，高老师取下塞在儿子颈间的儿童手帕，驾轻就熟地替自己擦擦，表情显得十分自然。最终高氏父子来到捧着一摞作业的生物课代表罗克的跟前。"叫娘舅，阿雄。叫呀！叫娘舅。"罗克望着这对遗传工程的杰作，心中不由感慨万端。"算了，别难为他了，等他长大以后再叫吧。""长大以后？"那位父亲十分认真地推算了一下，"长大以后恐怕就见不着啦。"时近中午，天空更加晴朗，暖洋洋的太阳爬到了头顶上方，百无聊赖的罗克像一名走神的特工从记忆中撤回自己的思绪，重新面对眼前的处境。街上拥挤的车辆让午餐时间稀释了一下，变得零零落落。司机们因为猛踩油门变得心情舒畅起来，要不就是由于他们的胃闻到了餐桌上飘来的香气，至于那些驱车缓行的家伙必定是早早地在哪个好去处刚蹭完了一顿实惠的便饭。此情此景促使饥肠辘辘的罗克不得不取消了这次纯商务的守望。他摸摸胸口看看那笔人民币贷款是否还在，然后，掉转身来，打道回府。

13

罗克沿着林荫道朝西大步走去,一面暗自祈祷,请耶稣或者释迦牟尼或者穆罕默德反正他们中间的随便哪一位显灵,让他在拐过街角折转方向之前跟尹楚来个不期而遇,早早了却他的一桩心事。他正一边念念有词一边绝望地顺着墙根拐向北去,一阵热情洋溢的笑声从交通亭里传来。罗克回头一看,尹楚正以一种称兄道弟的架势跟一位面貌黑里透红的交通警察聊大呢。自动信号灯在街口咔哒咔哒地眨着眼睛,年轻的交通警察不时用他那锐利的目光往四周扫射一番。罗克走上前去,将脑袋探进岗亭内部:"对不起,请问西村公寓怎么走?"

"咦——罗克么,你出什么洋相?我看见你在我们楼对面站了半天,还上这儿来打听什么西村公寓。"

"这个人是谁?"一旁的那位警察严肃地问。

"噢,他跟我是一起的。"尹楚一本正经地解释道,"我给你们介绍一下,这是我的老同学,这位嘛,不瞒你说,背景比较复杂。"说完她跳出岗亭。

"你是找我的吧?"

"什么叫跟你一起的?"罗克气咻咻地质问道。

"这个嘛!所谓一起的就是……我说你别当真哪。你还挺会生气的。尹芒怎么会爱上你这么个孩子气的家伙。"

"好啦好啦,说正经的吧,你不是有些家具要卖吗,我就是为这事来的。"罗克说。

"嘀,没看出来,你还是个收破烂的。好哇,你要买什么?看中那对皮面的沙发了吧?那可是好东西哇,虽说旧了点,那款式可是正宗的德国式。"

"不,不是沙发,我想要的是那只屏风。"

"屏风?"尹楚用疑神疑鬼的目光打量了一下罗克,"什么屏风?我怎么没发现我们家有那玩意儿,在哪儿搁着呢?"

"真是眼大无珠,对着走廊的那间朝北的房间的门边上,斜靠着的。"

"你说谁眼大无珠呢!那是屏风么?那是搬家具时卸下来的门板。"

"别哄我了。"罗克喃喃道。

"你真要那块门板?"尹楚朝罗克逼进一步,"别是个借口吧?"

"在其余十个问题中是否包括了爱情?"罗克记起了尹楚有关男女提问的一对十理论。

"你是还有九个问题呢,还是已经考虑了包括爱情在内的十个问题?"尹楚问。

"所有的问题都可以归结为一个问题。"罗克说。

"尹芒也老这么说。真没意思。"

"你卖不卖吧?"

"噢!又是那块门板。"尹楚笑了起来。

14

　　罗克一直坦率地告诉自己，你失恋了。他所挚爱着的那个如今已不爱他的姑娘对他的评价是：神经质。罗克领悟到那个古老而苍白的（病理上的？）定义：爱情是一种疾病。时至今日，如果人们用一种医学术语来描述事物，轻而易举就可以获得一种权威性。仿佛你的手提袋里塞满了安非他明、科里特拉纳胶囊（一种苯丙胺药物）、巴比妥酸盐（安眠药用镇静剂）、阿托品。如果罗克仍然想试着成为一名作家，（他念出声来试了试，它多么类同于魔鬼的发音）他就必须交替使用这些玩意儿，至少必须大量谈论这些玩意儿，使自我沉溺于纷乱和绝望之中。譬如四十岁之后的萨特。

　　有一种普遍的精神分析观点，认为成功（请反复读出直到满意为止。罗克想。）能够避免和部分医治各种类型的神经症。这一文化决定论的有力支持者即为卡伦·霍妮。当然，没有人追求失败，更进一步，没有人能够成功地追求失败。这样表述相对比较完整。除了那些无可救药的病人。

罗克认为，尹芒弃他而去之后，在这世界的某个区域里散布一种类似谣言的言论，根据那些有多种组合的闪烁的词句，他，梦想成为作家的罗克具有奥斯卡·王尔德和安德烈·纪德所具有的那种隐秘的嗜好。罗克不得不承认（至少在理论上）每一个人都是潜在的同性恋者。但是这种过渡性的姿态并不表明他会屈服于什么人的语言暴力。

罗克非常脆弱，比如人们谈到退缩感，他就联想到阳痿，人们说到继续革命，他就会联想到探索、失败、再探索、再失败，直至灭亡。他需要拯救，它来自于那个降生在马槽里的耶稣，他的卑微和他的腼腆全都令罗克心旷神怡。

罗克依然眷恋着尹芒，她是唯一为他朗读过《旧约》的女性，她舒缓的声音在许多夜晚里轻轻地飘荡，给罗克带来了无限的欣慰。那些使徒，那些殉道者，那些赞歌作者在她的诵读中款步而行，目光中流露出倦慵的眼波，他们嘴里含着谷物，灵魂就像钻石那样放射着光芒。

她的嗓音富有磁性，具有水晶般引人入胜的内在的色泽。有圣徒们作她的背景，罗克像海勒笔下的大卫那样夸夸其谈，奉承她的喉咙和声带以及进进出出的气流，想来也是顺理成章的。

就罗克个人而言，尹芒的朗读是对《圣经》的权威性诠释。它的催眠性，它的戏谑的风格与她的布满细小纹路的嘴唇，她的牙齿上沉积着的色素一同被他铭记在心。

但是罗克被毫无保留地遗弃了。一位异性，一个女人，母的，阴性的，与潮汐有着某种默契，恒定地追随着月球，可以用风和水来形容，她的性器官仿佛是具有巨大质量的天体，以雌性的强悍拂袖而去。

罗克幻想着在草场上漫步而过的骏马，设想植物怎样在春季唤醒它们的食欲和味觉。当它们在急速奔腾之后俯身嗅到草根腐烂的气息，它们的叹息是否为他所能体会。

他知道，在悉尼，有世界上她最喜爱的爵士酒吧，它以怪异的装饰，故作笨拙的表演而著称。她曾从澳洲大陆写信来就是为了告诉他这一点。罗克幻想着，她面对着那些即兴演奏的乐师，那向上翘起的嘴角依然没有摆脱原先那下垂的感觉。

圣诞节之夜。那个西方的风俗，它的外观完全展现在罗克的眼前。寒冷的空气中似乎也飘荡起令人备感温馨的情谊之风。无数的卡片装点着夜幕中灯光闪烁的商店橱窗，那个著名的英文单词到处可见。女学生和衣着华丽的妇人，那些年轻人，那些自信依然年轻的人们，在各家商店里顾盼着。她们的围巾、手套、红彤彤的脸庞、皮裙子下冻得直颤的腿，她们的精巧的仿皮提包，发梢上凝住的乳胶，还有她们露齿一笑时隐约可见的牙床。她们快活的神情在街道上构成一股令人侧目的暖意。罗克还听到了音乐，那是谁在唱着，带着鼻音，嗓子沙沙的，忧郁而又浪漫，非常适合那些夜晚。一个世纪以前，他们还未出生的时候，有谁知道他们那秘密的约定。他们一同为土耳其的缔造者凯木尔的心愿所激动，在欧亚大陆的交汇处，他说，我们从东方来，我们要到西方去。尹芒凝视着罗克，像十三世纪的威尼斯人波罗那样，目光中流溢着幻想、渴望和温情。

  罗克想，他这样跳跃而又不加掩饰地回想可能类似于海勒的所谓自毁性供认，它至少打搅了他自己。也许，他应该采取另外一种更曲折的方式，就像某些惯用委婉语的人将手淫客气地译成自慰，以迎合年轻或者不太年轻的人天性中低级趣味的那部分。

  他把他的一生看成是一次长假。慵懒是他的标志。他把每一天都看做是最后一天。偏偏仿佛他是介乎于浮士德主义者和花花公子唐璜之间的某种飘浮物。他喜欢搜集一些令人惊讶的短语，比如，他从马克思《1844年经济学哲学手稿》中摘出这样的词句："性感是一切科学的基础。"

  罗克时常对自己说，你与其花时间去恨一个男人，还不如花时间去爱一个女人。虽然仇恨比爱要来得持久，但你还是应该追求短暂的东西。

那是什么时候，尹芒居住在悉尼的某幢建筑里，相对而言，她比罗克离圣城耶路撒冷更远。她收听私人电台播送的灵歌，在卫生间里一边哭泣，一边清洗她的下体。她阅读《花花公子》也阅读《第欧根尼》季刊。她坐在床边的地板上给他挂电话，手掌夹在两膝之间。她说，这是另一个国家。在罗克听来，她说的是另一本小说（鲍德温！）。最后她说，我爱你，宝贝。这真他妈的又色情又遥远。他想。

正如古米廖夫说的："我从未想到，人会这样爱和这样忧伤。"为了摆脱痛苦而不至于发疯，所有笨蛋的恶习都涌到了他的身边。无论遇到什么人罗克都试图奉献出一大堆慰问的蠢话，仿佛那个傻乎乎的失恋者不是他，而是别人。他对自己感到厌烦，好像在公开集会上发表了过激言论，从而遭到来自各个方面的谩骂。他心灰意冷，重又回到他那矫揉造作的写作中去。他临窗而坐，向窗外的天空鼓起他的双眼，神态就像一个畜生。

是矫揉造作这个词令他联想到菲利浦·索莱尔，他令罗克重返一九八零年。在他结识那一撮纨绔子弟之前（他自问自己是否就是他们中的一员），在他还没有昏头昏脑地落入所谓男性友谊的陷阱之前，阅读了根据荷兰里德尔公司一九七四年英译本译出的布洛克曼的著作。是"太凯尔"给了他灵感，暗示了他的倾向，提请他注意语言作为一种积体的生成性:"写作并不是表达现成的知识……"

他在十年之后重温这本一百七十页的小册子,像撰写手册那样勾勒他的文学之梦,仿佛一份宿命的索引隐含在未来的历程之中。但是,它就像带有小缺口的C字表,在罗克微弱的视力前全都颇具象征性地混作了O。同样意味深长的是,零度并不意味着没有,尽管它可能意味着空洞、深渊或者毁灭。

一如索莱尔所说,写作是一种需要经过百般矫揉造作之后方能掌握的才能。罗克认为情人之间的事情也是如此。问题是当人们能够自然流露内心情感的时候,他们已经没什么可流露的了。生活正是以此将人们截然分开。

罗克聆听着音乐,听着一种陌生的语言的倾诉。他恍惚感到,他和尹芒一样,都将独自睡眠。他想,他会在睡眠中浮想联翩,梦见许多唯一的事物。那种高于一的唯一。一千零一夜故事,波斯人哈亚姆的一百零一首柔巴依("就像是流水,无奈地流进宇宙")。那长久的别离和漫长的回望,就像广漠沙丘上的足迹等待着被吹散、被掩埋的命运。他知道自己的身体会非常安静,仿佛尹芒的手依然放在他的私处。

但是,此时此刻,她的丰盈的身体,那风下的麦浪一般蕴含着喜悦的竖琴般的身体,将为谁所抚响,他是否会在她的怀抱中沉醉于她的年轻和温柔,犹如他在睡梦中清晰地认为天堂中的器皿。

"我怎么会爱一个男人。"他想,"像一名恋爱中的妇人。"满怀着切肤之痛,经历了无数的水深火热,脱离了他的尹芒,深切地眷注于另一名男子?罗克认为自己不是一名圣徒,他无法在传说中生活。那些口口相传的变态的绯闻甚至能越过水晶的光芒。而他只是在幻想中避难,怎么能不为扑面而来的逸言所伤。

如今,双重的背时处境使他宛如在锋刃上舞蹈。他所选择的音乐是自恋主义的。不过,从功能的角度考虑,最多也就是二分之一的那科索斯。他向着遥远的古代眺望,他的袖口上沾有星星点点的墨迹,它们就像亚平宁半岛的浅湾泊满了假想中的航船。第勒尼安海的黄昏,在恺撒的视野中竞技的裸体的男子,他们对古国的街道充满了健康的感情,在鲜血和演辞之中,微微遮掩了他们的私处,他们奔跑着,那宝贝像钱袋一般悬挂在罗马的风中……那是灾难降临之前的恺撒的世界,纯洁得就像睡眠中的罗克那无色的梦境。

15

  大草莓餐室坐落在市区西部一条还算僻静的街道旁。偶尔光顾的客人要上一杯热咖啡，坐上个大半天也难以判断究竟谁是店主，从那扇挂着布幔的玻璃门进进出出的全是些熟人，他们互相打招呼的从容自若的神态如果可以算做是主人的标志的话，那么通常店堂里散坐着近十位店主。大草莓餐室的玻璃窗外刚好是一个公共汽车的车站，每隔三至五分钟安静的空气中就传来一通乱响，刹车，打开三扇车门，再关上二扇车门，启动，售票员扯着嗓子的吆喝声。然后，一切归于平静。

  大草莓餐室是一个三位一体的综合体，它兼具酒吧和咖啡馆的功能，并且还随时供应老一套的盖浇饭，不过这几年引用了一个新名词：快餐。

罗克和尹楚挑了一个靠墙的位置坐了下来。尹楚隔着浆得雪白的桌布伸过脑袋来："咱们学一回洋人，对半拆账怎么样？"

"随你的便。"罗克说。

"告诉你，和男人上馆子我是从来不掏钱的。"

"看来你是想改邪归正喽？"

"也许罢。你想喝点什么？罗克，我可以给你报出一大串名字来。"

"我也行。不过那些名堂我一样也没尝过。"罗克解释道。

"还是别尝的好，你看那一排擦得锃亮的瓶子，鬼才知道他往你杯子里倒的是什么东西呢。"

"我想上这儿来吃饭的都是你我这样的大笨蛋。好吧。"罗克打开一本黑面子的塑料名片册，往尹楚跟前一推，"读读大草莓的花名册吧，留神右面的脚注。"

"嘿，用这玩意儿当菜谱真是一绝。"

"随行就市嘛。"罗克评论道。

一名年轻的侍者夹着发票本朝这边过来，他穿着一件新衬衫，白色的，在那个挺括的领子下面毫无必要地扎着一只起皱了的、脏兮兮的绛紫色领结，他的光可鉴人的头发像两片卷心菜叶子那样从中间向两旁分开。这张年轻的油水很足的脸表明他正在掂量罗克和尹楚的口袋里加起来一共有多少钱，他用一种假装的无所谓的腔调对着尹楚说："五元以下的今天都没有。吃什么？"

"我问你五元以下的菜了吗？"尹楚仿佛在与侍者对台词。侍者怔了一下，然后犹如慎重挑选了一个词似的："没有。"

"那好。现在我来问你，今天（她着重强调了这个词）有五元以下的菜吗？"

"没有。"侍者毫不犹豫地应道。

"那好，我们改天再来。"

罗克和尹楚将侍者撇在一边，从大草莓餐厅鱼贯而出，来到光线明亮的街上。"我本来以为你不在乎这些的。"罗克轻声说。

"什么？"

"那人的态度。"

"我太在乎了。我以前总是装做不在乎，可那样这顿饭就越吃越恶心。"尹楚仰起头，汴视着罗克的眼睛，"你在乎吗？"

"非常在乎。"

16

　　整个秋季，罗克和尹楚是待在一起度过的。罗克慢慢地适应了尹楚那随意编排自己处境的作风，她对待生活的浮夸的态度，漫不经心的神情以及对性爱的孜孜不倦的渴慕。他在尹楚那以性爱为母题的对虚伪的厌弃中迭纳了更多的精神因素。罗克首次从对自我的强烈的缺乏外部举动的镜像式关注中察觉了比面貌更内在的成分，他看到了一个罗克主义者。这是一个在时间中逐渐倒毙的人，他每时每刻经受着内心的慢性虚脱，有时他仿佛发现了幻象式的结局，他拍击生活之墙聆听空洞的回声，他发现自己在思索中失神，陷入对双重人格的无休无止的讨论，他是一个不停地背诵道德戒律的健忘者，一个对无机物作人性描述的家伙，一个被理想罚出场的普通球员，一个将停顿和沉思混为一谈的人。

罗克和尹楚互相把对方视为生活和精神上的朋友，他们觉得是在一个习俗的断头台上相互厮守，同时像狂风暴雨之后的恋人那样寻求各自的上帝，他们希望生活在奇迹之中，而这个奇迹就是情感的理论上的统一性，罗克意识到自己着迷于一切转瞬即逝的东西，他将对生活的关注归结于在自己和他人之间摇来摆去，直到头晕目眩停下来喘息为止。

夜凉如水，繁星高照，公寓后面的水泥空地上一个小伙子正在摆弄一辆摩托车，他来来回回地在空地上开来开去，排气管放屁一般啪啪地响个不停，那又急又躁的声音就像它刚被人卸去了消声器。与这辆摩托攀谈的是一名带颤音的女孩的喳喳声，骑车的小伙子从头至尾没开过腔。

尹楚在厨房里烧水沏茶，她一边哼着不成调的曲子一边等着水开。罗克盘腿坐在沙发里，冲着一台大屏幕的黑白电视机想心事。房间里弥漫着晚饭后尚未散尽的土豆烧牛肉的气味。这些日子以来，他们俩除了泡在房间里就是泡在电影院里，他们看完了正在上映的所有难以忍受的影片——一个鲜血如注的人仰望蓝天涌出一大段感人至深的遗言，一通极富哲理的谈话在海边的一块怪石上由一名痛苦而深沉的男青年向一名悲伤而绝望的女青年说出，一双麻木不仁的丹凤眼（实践无表演表演或者低调表演的理论）长时间的冲着镜头莫名其妙地瞪着，一阵杂乱无章的武打之后接上了一段温柔细致的情歌，普遍的无所不在的最后一分钟营救，由各色人等在五星级宾馆的高级套房里表演的怪不自在的日常生活，大受欢迎的由贫苦出身的人导演的典型的布尔乔亚式影片的抒情片断，毫无道理的黑社会的火拼（理由充分得仅够扇对方一记耳光），无穷无尽的眼泪，无穷无尽的欢声笑语，庸俗无聊的悲剧以及极为深刻的大团圆。同时，他们还略有保留地讨论了各自生活中的一切方面。尹楚在听完了罗克的部分家史以后评论道："在我看来，你更乐意当什么人的儿子，而不是当什么人的父亲。"罗克抗辩说他仅有当儿子的经验而没有做父亲的体验，所以只能如此，尹楚一针见血地指出："你是害怕承担责任。"罗克再次替自己辩护道："这正是高度负责的表现。"每当谈话进行到这类法庭式的争论时，罗克就发出一套乱七八糟的声音宣告接下来开始胡搅蛮缠，他对尹楚提示的一切事物和人统统冠以臭狗屎的封号，为此尹楚称他为东方粪便主义时代的公使（屎），但是同时她也分享了他的幼稚的大喊大叫带来的愉悦。"我知道了尹芒为什么会喜欢你，但是你要明白我也会离开你。"她没有解释为什么，她想他通晓这一切，因为他说过他习惯于在离异中生活，对过去保留若干回忆，对未来保持一丝期待。"这一切形同虚设。"罗克解释说。他们两人之间的感情似乎达到了某种只存在于共同创造时才存在的深度，但他们随时可能失去它。不是迷失在深处，就是飘浮于表面。这样的人,他的生活完全是由激情安排的,他会不断地面临忠诚、背弃和死亡这样一些命题;当然还有另外一种人,他们的生活是有条不紊的,只是由于精心的安排才在某个极为罕见的瞬息出现一些激情的迹象。这样的生活是朝气蓬勃的,而不是像罗克那样仅仅听命于内心的节奏。甚至于每天要在抽水马桶上花费很长时间,一面大便,一面念书,或者跟谁讨论问题。他记得,尹芒为了逃避他释放的无害的气体,只能站到浴缸上将脑袋从何大芬的小方窗上探出去呼吸新鲜空气,而罗克却忙里偷闲跟她扯一些理论问题:"你应该读读索尔·贝娄的书,正是他指出所谓艺术的创造性就其与灵魂的相互关系而言是对人类痛苦的极大嘲弄。他认为那些天赋极高的疯子的创造如同在地底下猛挖着永不碰头的隧道,挖得非常起劲。但是相互之间缺乏必要的了解。"

尹楚像芭蕾舞演员那样腰板挺直地走了进来。罗克朝她手里端着的杯子望了望:"我不喝红茶,我不喜欢那股子味。"尹楚眼珠子一瞪,放下茶杯:"没有绿茶,要不跟我一样喝白开水。真是穷讲究。"尹楚喜欢喝白开水是件她自己解释不了的嗜好,同样解释不了的还有她那教训人的腔调,这些怪毛病的起源如同某些神秘部族的消逝都是无从追溯难予考证的。也许尹楚认为她天生具有趾高气扬的权利,而别人(尤其是男人)必须容忍她的傲慢和无礼。罗克曾就此引发出一通有关尊严的玄论。他解释说，大多数人生活在一个相互尊重的小圈子里，这个圈子包括少许几个朋友，他的亲属（有时不包括妻子），有钱有势的人（比如他的上司）。但只要稍稍超出这个范围，他就再也不懂得尊重别人了。只有少数人才将尊重他人作为自己的基本准则之一，而这些人你可以笼统地称之为大笨蛋。

当然，尹楚甚至早从尹芒那儿就了解到了这一点，罗克是一个你不必过于认真对待的家伙，不是他的论点不正经就是他的论述方式不正经，两者必居其一。除了与女人混在一起，他是一个没有他自己所谓的那种圈子的人，他跑到哪儿暗地里都想扮演国王，但他总是而且永远只能是一名油嘴滑舌的弄臣。他的懦弱和儒雅就像一对孪生兄弟，表面上非常相似，致使旁边的人无从辨认而将两者混为一谈。

罗克无论遇到什么人照例要将他的作家梦陈述一番，他并非想博取风雅的艺术家的美名，纯粹是基于一个固执的念头："别人行我也行。"这种时候别人通常指的是孙澍和朱克这样崭露头角的文学新人。这会儿他又对尹楚回顾了一番个人的创作经历，展望了一下吵吵嚷嚷的文坛，最后总结道："所谓灵感，就是忽然想到，但是我总也不会忽然想到什么。真倒霉，我的脑子不好使。"罗克的那部反复讲述、研究了无数遍的杰作，最终也许就为他的述而不作的理论所化解了，好似尿免疫检验之后，为蛛丝马迹引起的早孕的激动叫一只阴性反应的橡皮图章啪的一下震得烟消云散。

"你这样晃里晃荡会毁了你自己。"尹楚对罗克说。

"你说这话的口气就像我父亲。不过，你说这话自己不觉得奇怪吗？你不是在毁灭中过得自由自在吗？"

"放你的屁！"尹楚冲着罗克吼叫起来，"你不配喝我给你沏的茶，你给我从沙发上滚下来，画你的脸盆痰盂去吧，你以为我是一部让你随便评论的小说吗？放下杯子！你这狗娘养的。你是一头猪，你知道么？你是一头彻头彻尾的猪！一头喜欢谈论艺术的猪！"尹楚让自己的歇斯底里感动了，她从自己的茶杯里喝了一口水，然后坐到另一个沙发里抽泣起来，她的眼泪顺着她苍白的面颊往下哗哗直淌。

罗克和尹楚在各自的沙发上呆坐着，尹楚像一名委屈的小姑娘抽抽搭搭地哼哼个不停，罗克则默不作声地直视着那杯红茶，就像一只打洞的鼹鼠忽然有了空闲，便茫然无措地瞪着空气发呆。

17

    罗克踏着夜色步行回家,他以为散步能够使自己从尹楚的嚎叫中摆脱出来,所以特意绕道兜了几个圈子,期待着冷冷清清的街道能起到化瘀解痛的作用。人行道旁的树影里对对恋人宛如皮影戏中的角色,凝然不动或者扭来扭去,那架势既像接吻又有点类似表演性质的柔道。罗克从中领悟到一点点真理,所有私下里的感情历程只要稍加考查都会呈现出亲密得厮打的迹象,皇宫贵族与蝇头百姓概不能免。至于追溯到那些暴风骤雨般的名人恋曲,纳博科夫是怎么说的?("大多数艺术家的私生活都不堪细究。")相形之下,罗克觉得尹楚那劈头盖脸的恶语相加只不过是在苏州式园林中散步遇上了过眼烟云般的太阳雨,增加了一点调味品罢了。经过如此这般的自我按摩,再让扑面而来的夜风一吹，罗克认为自己清醒了许多，足以心平气和地上床睡觉了。但这时他已拐过了通往家门口的路，他只好继续前行绕完剩下的半个圈子。由于平静控制了罗克，刚才视而不见的晚间风景这时着重浮现出来。隔着那表面粗糙的又高又长的栅栏式水泥围墙，黑黢黢的公园里一只巡夜的护园犬正用一连串的狂呼乱叫向主人表明它正恪尽职守，紧挨着公园的是一座废弃多年如今正在慢吞吞地重修的天主教堂，那刚刚油漆过的外墙在月光下显得高深莫测，再往前走是一幢区级图书馆沿街矗立的三层楼房，门前那两根装饰性的圆柱使它的陈旧之处不至于完全隐没于黑暗中，经过一长列阅报栏，再经过邮政局紧闭的大门朝前走五十米，罗克又来到了大草莓餐室的门前。一名浓妆艳抹的年轻女子正打门缝里探出身子朝街上东张西望呢，她见了罗克便露齿一笑，模样倒挺可人的，但是一张口声音却是干巴巴的："吃饭吧？"见罗克摇了摇头，她的笑容立刻恰如其分地收住了。就在这时，玻璃门又张开了一点，朱克那小巧玲珑的脑袋从那女子的头上伸了出来。"罗克！"听得出他的声音里含有一丝惊讶，但接下来他便肆无忌惮地施展起这份惊讶来了，"真是难得啊，罗公子。"

"你在那里头干什么？"

"问得好！我还能干什么，会会朋友，搜集搜集素材嘛！我给你介绍一下，这位是小邵。"朱克拍拍小邵的肩膀，做出一副精神抖擞的样子，仿佛他是一个过惯夜生活的特殊人物。那个被称做小邵的女人马上摇头摆尾地接口道："请你的朋友进来坐坐嘛！"说完她瞟了罗克一眼。

"不啦。"罗克有气无力地说，"我想回去睡觉啦，有空过来玩吧。"他言不由衷地说完这些话便朝朱克摆了摆手，算是再见。罗克没迈出几步，朱克便跟了上来。

"我说罗克，进来坐坐嘛，好久没见面了，咱俩聊聊嘛。"朱克忽然之间就诚恳起来了。

"你瞧瞧那女人，那可是开黑店的，小心让人煮了你。"

"别夸张了，你又不是黄花闺女，那么小心谨慎干什么？"朱克用讥讽的语调平衡了一下从后面赶上来的这几步。

"好吧，有事你就在这儿说吧。"罗克收住了脚步。

罗克与朱克的相识并没有多少戏剧性因素。他们曾在同一所中学念书，朱克比罗克高一级。他们同在学校篮球队打替补。两人都没有参加过正式比赛，只是在主力队员上场前混在人堆里来几下运球上篮。他俩是春天开学时被送入校队的，到了夏天放假之前，篮球队准备参加全区联赛，调整了两名队员，罗克和朱克便被主教练踢出了校队。他俩去臭烘烘的体育室交还了球鞋和运动衫，那以后校内的交往便告结束。朱克先于罗克一年毕业离校，他进入了一家生产妇女卫生保健用品的工厂（传说他的处女作就是写在柔软的卫生纸上的）。过了若干年，朱克忽然疯狂地投身于各式各样的夜校，传说他花了不到五年时间，在一个春日融融的日子里，突然同时从十几所学校毕业，取得了几十张文凭。据朱克自供他修完了几百门各种课程。从第六年起，他便以兼职教师的身份穿梭往返于各类夜校，给来自社会各个阶层的男女老幼讲授文学创作的基本原理。朱克不仅是一名文章满天飞的创作天才，同时还是一位培养文学新人的行家好手，每隔十天半月他便在各种场合推出他的最新成果。朱克永远是那么精力充沛生气勃勃，无论他走到哪里，总是口若悬河神采飞扬。他是一名与忧郁无缘的乐天派，一位不知烦恼为何物的硬汉。

"这事说起来怪不好意思的。"朱克喃喃道。

"别不好意思，你就快说吧，我可是困了。"

"是这么回事，外地的一家出版社要出版我的一部中短篇小说集，我想请罗老替我作个序。"朱克迅速地说出了关键问题。罗克这才明白过来一周前的电话的真实含义。

"我说朱克，你这不是存心要出我老子的洋相么？他是个写戏的，哪儿懂你那种玩意。"

"唉，你别忙着走哇，要不你帮我写得了，到时署上你父亲的名字，你看怎么样。"

"这么办吧。"罗克决定立即摆脱这个混账，"你自己写吧，想怎么写都行，到时我让罗毅之签名，怎么样。"

聪明的朱克一眼洞穿了罗克干脆利落的言辞背后的讥

讽之意，但他依然不动声色。"也好，既然你肯帮兄弟这个忙，朱克自然心里明白，到时我来请罗老签名。"

朱克和罗克在半夜三更的大街上像模像样地握了握手，随后，朱克目送罗克远去。

朱克早已替自己安排妥了计划，一旦罗毅之的大名到手，便上出版社挨家挨户地兜售自己编定的小说集。"是啊。"朱克倒吸了一口夜晚的凉气，他记起了一部哭哭啼啼的朝鲜电影的台词，"只要心诚，石头也会开出花来。"

18

罗毅之坐在驶往医院的出租汽车里,仰着的身体紧靠神情黯然的老伴。天空中飘洒着雨水,在汽车的挡风玻璃前形成一道冒着白汽的雨幕,仿佛汽车正紧跟在一辆洒水车后面进行一次免费冲洗。罗毅之觉得恐慌此刻已经过去,他似乎又恢复了对自己心脏的信任。他感到诸多物象又映入了视野,他甚至瞧见了司机面前仪表板上的转向指示灯,汽车转弯时的引力使他的身体移向了车座的一侧。赢了!他对自己说。他又看见了避雨的人群和交会而过的电车。车窗外平时让他心绪烦乱的高密度人流,这会儿使他感到亲切和安详。人们在雨中摩肩接踵地行走,五颜六色的雨伞遮蔽了他们的面容,自然现象轻而易举地将人们还原成男人和女人,使人们像一名大力士那样在街上移动。这些活动着的肢体既不代表活力也不表露疲乏，他们举着雨伞仿佛是在暗示他们在精神上是中性的。罗毅之恢复了思考和观察，他所熟悉的街道和变得陌生了的装潢广告不断闯入他半睁半闭的眼帘，西北航空公司的订票电话号码、丰田汽车、一种黄澄澄的饮料、一台巨大的国产电视机、一款裘皮大衣，罗毅之还瞥见了一种抗冠心病的新药。他再一次为各种争奇斗艳的商品宣传组合而成的秩序感所接纳。

出租汽车在一个十字路口停了下来，司机在等候红绿灯换灯时，轻声骂了一句脏话。罗毅之如释重负，他觉得终于回到了他还勉强能够周旋的世界。他朝已经同他一样衰老的妻子微笑了一下。

罗克直到晚上九点钟才赶来医院接替他的母亲。

"对不起，爸爸，我刚回家。"

罗毅之微微摆了摆手，让他别再解释。

每当罗克闻到医院里那股子由酒精、阿摩尼亚、福尔马林混合而成的刺鼻气味，自己先自就觉得病了起来。他对医院有种天然的恐惧，再加上冷酷无情的医师和愁眉苦脸的病人，只要一踏进医院的大门，罗克就成了个腿肚子直打哆嗦的心慈手软悲天悯人清心寡欲的贤人。

罗克下班以后，又去尹楚家待了大半天，回家后在厨房的煤气灶上发现了母亲留下的条子。在这一瞬间里，罗克才第一次意识到对父亲的依恋之情。他对自己的恻隐之心大吃一惊。他隐隐约约觉得自己似乎该是个无情无义六亲不认的孽子，除了即时的意愿，在体内没有残存一丝一毫的悲恸之心，任何日积月累的感情因素全都为不断袭来的一时冲动所捣毁。外部世界的细微的声响亲切地唤起并印证了他的内在需要，他所无法自我确证的潜在欲求毫无保留地听从于外界的引导。令人怦然心动的电话铃声，一封不期而至的信件，书籍的片断，一首乐曲的让人心驰神往的休止，风景勾起的弥漫的回忆，人行道旁的邂逅，对一部影片的久久期待，巫术唤起的惶惑而甜蜜的关注。这些飘忽不定的事物都会闯入他毫无防备的心田，而当他若有所思时，在他面前游移不定的尽是些丑恶的事物。平庸的日子连绵不绝，但岁月会将它们压缩成供记忆锻压的金属，微小、细致而又闪闪烁烁。在一个你知道却无力指认的处所永久地居留。现在，痛楚和死亡的威胁在他父亲的身上时隐时现，罗克感觉到了他无以描述的父亲的焦虑处境，他不寄希望于药物和护理，只是在内心深处恳求生命本身的机制再次献出它的不为人知的秘密，让一个生命以它原来的方式继续存在，它的价值和必要性仅在于它是一位父亲，一个儿子的父亲。这位儿子就是已经虚弱不堪的罗克。

罗毅之缓慢地沉入了睡眠之中，他的呼吸平稳，面带疲倦之色，灰白的头发在枕巾上松松地散开。罗克不敢过于仔细地端详父亲，他从心底里恐惧这种俯视，在他的记忆中,他找不到这类场景,他似乎从未有过此类床边的凝视。罗毅之那浊重的呼吸在他听来是如此陌生,以至于使他淡忘了自己的职责。

一名年轻而又漂亮的女护士进来巡视,见罗毅之已经熟睡,和罗克对望了一眼便走出病房。雨继续下着,宽大的窗户外面漆黑一团,可以听见枝叶被风雨抽打的声响。罗克无法独自面对这份寂静,他起身走出病房,来到医生值班室。

"我想给我的女朋友打个电话。行吗?"罗克询问道。

"你打吧,电话机在那边。"年轻的女护士指点了一下,"不过别太久,我也在等电话。"说完便埋头阅读一份时装杂志。

罗克接通了尹楚的电话,只响了一下,话筒便被人提了起来。一个浑厚的男人的嗓音穿过雨夜,沿着电话线远远传来。"找谁?"罗克迟疑了一下,说:"对不起,我打错了。"他放下话筒但随即又提了起来,重拨了尹楚的号码,电话一通,他便说到:"我找尹楚。""我就是。"她的声音听起来似乎微微有点惊讶,"我猜就是你。你在哪儿打的电话?"

"我在医院,我父亲病了,本来我打算跟你谈件事情。"

"那就谈吧,我正好空着。"电话里传来一阵咯咯的响声,像是她在椅子上坐了下来。"你说吧,我听着呢。"

她的语音非常温柔,仿佛她预先知道了罗克想说的一切。

"但是我还不能肯定我是否已经作出最终的决定。"

"你的意思是等你完全决定了再说吗?"

"我已经决定了,只是我不能肯定……"尹楚打断罗克的话,在电话里叹了一口气。

"我可以断定,你从未作出过真正的决定,你总是犹犹豫豫,却又把它认做是你在反复思考,我想你甚至不能肯定你是否曾下决心要和我发生性关系。你现在是想要告诉我你爱上我了。是不是?"她等了一下,见罗克不吱声,便接着说,"你在哪家医院?"

罗克告诉了她。

"好吧,现在我来告诉你我的决定。首先,我这就上你那儿去。其次,我也爱上了你。"

"那个男人是谁?"罗克赶紧问。

"我的监护人。"

"谁?"罗克大惑不解。

"警察!这会儿他正往外走呢。你可要小心,别忘了我是什么人。"说完她就挂断了电话。

女护士笑盈盈地望着罗克:"你失恋了?"

"差不多吧。"他说。

19

　　罗克不得不再一次独自回望他与尹芒的关系。他私自认为他与尹芒之间的情谊是适度的。虽然它开始时有点仓促，结束时有点荒谬，但它无疑是一次精神上的美丽的滑翔，它用赤裸的情感扫荡了镶嵌在爱欲之花上虚饰的花茎，使之在世俗的风暴面前飞离了土地，盲目而又愉快地冉冉上升。它的无形的升华就像是对待失败所采取的宽解之举，尽管它最终为浩瀚的海洋所隔绝，同时，它又象征着感情水系的汇聚和心灵深处的远望。他清晰地看见那情感的涓涓细流是怎样沿着理智的河道奇怪地流淌的……

　　她几乎是丝毫不加掩饰地与罗克讨论了她与孙澍的关系，指出种种荒诞之处。但是她明白孙澍正是她所要嫁的人。"他是一个丈夫，即使他是邪恶的，更何况他过于善良。他有许多毛病,但他是一个丈夫。而你不是,罗克。"他还记得尹芒宣布这一至理名言时的情景。她的脸庞上笼罩着一层成熟的光辉,而她故意使用一种童稚的音调斟酌着字句,仿佛她正跟着一位溶解在空气中的老师练习拼读,只是无意识地说出了严酷的事实。

"我将结束你我之间的故事。"她说出这句话时,正与罗克在一家百货商店的柜台前挑选提箱。"请你中止对我的感情,你我都别用过期的东西互相打扰对方。你如果不听从劝告,那我只好重新再爱你一次。"说最后那句话时,她明显带着开玩笑的语气。

尹芒不属于顺应大自然的黄金般的规律逐渐脱去稚气的那类人,她个人的史诗般的内心革命是在一夜之间大功告成的。在某一个由于她的一向糟糕的坏记性如今已记不周详的早晨或者傍晚(基于窗外的一抹醒目的霞光,她弄不清是刚刚睡醒抑或是即将睡去),她认为并且立刻向自己宣告脱胎换骨洗心革面的历史事件业已完成。尹芒向罗克回忆说,她突然悟到世界的要义,这着实使她吓得不轻。尹芒当即掏出自来水笔和女孩子爱用的精致高雅的日记本为革命的前夜进行一次统计学式的、非虚构的、鸡毛蒜皮的实录,她的纪实文学的部分素材如下:前一天晚上同学聚餐时吃下的一大盆糊涂鸡,读完了伊莎多拉·邓肯的露骨的自传,母亲寄给她的零化钱第一次悲剧性地减去了一半,古文测验答错了全部该死的虚词,在一封匿名的情书中首次看到有人将她形容成"肉感"的，令她厌恶至极而又安之若素的奔腾不息的月经洪流；第一次也是最后一次让人（什么人？她自问）灌得语无伦次泪流满面继而呕吐不止头痛欲裂羞愧难当。还有，她即兴发挥道：我将与你相逢并且相爱。这种对未来的，过分敏感的，明察秋毫式的展望能力在尹芒身上是由不露声色的老于世故和并非伪装的天真烂漫拼凑而成的，但是尹芒确实是一名惯于乔装打扮的年轻女子，她时不时会来一番涂脂抹粉的表演，深受感动地目睹自己远离尘嚣超凡脱俗。

至于罗克，仅仅是与她踩着一个节拍在原地踏步而已，只是罗克先迈的左脚，而尹芒先迈的右脚（滑稽而难看的队列操）。

善良的罗克使用回忆之枪朝迈出他的视野的尹芒发射诋毁之弹，应声倒下的将是在嫉妒的准星前移来动去的尹芒的替身——远胜一筹的尹楚。

20

罗克梦见一头大象正甩着鼻子拍打一只蚊子,它气呼呼的,还跺了跺脚。然后他就醒了过来。窗外传来一阵穷凶极恶的吆喝声,似乎是一个走街串巷回收旧衣服旧收音机什么的,仅从嗓门来判断你完全可以认定他是一伙打家劫舍的强盗中的一员。罗克觉得自己大大地落后于时代,一觉醒来连做小买卖的人也改换了门庭,正应了那句老话,所谓财大气粗。罗克伸手打开桌上的收音机,把音量调到震耳欲聋的程度,便重新缩回到被子里。一个沙哑的喉咙正在哀叹爱情的无常,那曲子非常优美,但是男歌手将歌词含含糊糊地打发完了了事。罗克不知道是因为自己没有睡醒还是歌星故意含糊其词,他闭着眼睛等候歌手将他震醒。哑嗓子慢悠悠地唱了一阵子猛地改用了哭腔,他的歌声变薄了，嘶嘶啦啦的声音令罗克联想到锋刃闪闪的发亮的吉列牌剃须刀片。哭了一会儿他又大呼小叫起来，那意思大致是说"你要是不爱我我还不如死了拉倒"。如果单从哑嗓子的表达而论，这一死了之的夸张言论缺乏令人信服的感染力，但是他不管你爱信不信，自顾在那儿一口气重复了将近十遍，曲终时他以无可奈何的叹息"唉"了一声，仿佛是说："既然你不信我也就不再唱了。"

广播电台看来是有意要与罗克作对，沙哑的歌声过去之后冒出一位嗓音甜蜜的节目主持人，她用装腔作势的学究腔调唠唠叨叨地纵论了一番摇滚乐的历史变迁，中间提到几位摇滚乐的头面人物的大名时，流利地使用了一种既非英语又非中文译名的洋泾浜外语（死泡拎死丁之类），甜甜的小姐抑扬顿挫滔滔不绝地说个没完，渐渐地睡眼惺忪的罗克被广播催眠所控制，稀里糊涂地再次坠入浅睡之中，节目主持人那训练有素的嗓门幻化成了尹楚的苍白而性感的扁扁的鸭嗓门，布鲁斯，蓝调爵士，雷格泰姆这些专有名词之后忧伤而又优美地浮现出一名黑人青年的脸庞——赖特。昨夜，一个哀伤的多尿之夜，尹楚的啤酒和尹楚的故事使罗克的膀胱和罗克的脑袋同样地膨胀难耐。啤酒的泡沫滋润了他的胃却污染了尹楚的抽水马桶。作为尹楚的新情人和新听众，每当他感到身体的某两个重要部位力不能持，他就迈着体面的外八字型方步紧中带慢地去卫生间蹓跶一圈。他望着一箱又一箱的清水奋不顾身争先恐后地拥抱他的尿液并将它携入一个幽深之处,一种如释重负之感令他获得了暂时的解脱。整个夜晚就这样为罗克的排泄活动划分成若干章节,而尹楚的玛丝洛娃式的故事就是分布其中的忧伤的内容。

在这出最终将年轻气盛自作主张的尹楚罚下大牢的关涉两个第三世界国家的人间喜剧的序幕,男主角赖特,赞巴拉王国上层社会的精粹之子,某医科大学(尹楚的信誓旦旦的赖特从未吐露详情)日产雅马哈摩托车专业的好学上进的留学生从运动员舞厅的迪斯科舞池里,踩着性感的舞步,散发着香水和狐臭的混合气味,仿佛不经意地朝疯疯癫癫地在弹簧地板上蹦来蹦去的尹楚显示了他的姿态够味的屁股蛋。在令人眼花缭乱的彩灯照射下,傻大姐尹楚与迪斯科原创者的子孙喜滋滋地,汗流浃背地对舞起来。(没人能够考证赖特舞姿所属的流派,因为在"尹楚——赖特之恋"的尾声,有关方面经过周密谨慎的调查断定所谓赖特对针刺麻醉的基本要领已初步掌握一说纯系捏造,赞巴拉王国也属子虚乌有,骑手赖特原为一艘荷兰制造西德所有日本租赁法国股东美国船长的商船上的一名国籍不明的国际流浪汉。)

一曲终了,赖特("他究竟是谁呀?"尹楚眼圈红红地询问罗克。)已经成了一名与尹楚情投意合心领神会的舞伴。他毫不掩饰想与尹楚在更广泛的领域里发展这种伙伴关系的强烈愿望。他用汗津津的大手将尹楚拖到楼上的酒吧，以一名酒鬼在饮酒作乐开始前特有的谦逊态度与尹楚侃侃而谈。他们在联合国通用的五种工作语言中挑选了双方都能勉强来上几句的英语。"威士忌！"赖特冲招待喊道。尹楚小心翼翼地侍候赖特的英语。她不时难为情地请求赖特重复他所说过的话。(也许赖特的英语中掺杂着赞巴拉的乡音呢。)

夹在夜晚的舞厅和夜晚的宾馆客房之间的是一组颇具煽动性的电话间奏曲，黑人赖特使用几组经过酒吧长谈尹楚早已耳熟能详的爱情短语通过频频不断的电话输送来绵绵不尽的赤道原野般滚烫的非洲情谊。春心荡漾的尹楚犹如被接连发射的催泪弹击中了泪腺，嗓子眼直冒青烟地直觉得饥渴不已。

接下来尹楚被告般地陈述滞留在几处罗克纠缠不休的枝节上。她不得不身心憔悴地一遍又一遍地剖析与赖特发生性行为时的种种细枝末节。从感官上，心理上，意识深处来一通地毯式轰炸（啊！越南）般的深耕细作。多么美丽的处女地呀！罗克悲痛欲绝地以强迫症患者一般的固执劲，在脑海中修复支离破碎的言辞背后的不忍目睹的春宫图。这幅万花筒般视孔窄小瞬息万变的图画只与罗克本人的经验有关，尹楚只是一枚画片而已。

尹楚的"赖特之恋"的结局是两年囚禁。在她的褐色的女式提包里发现了一卷人民币以外的其他货币，而她又无法解释这万能而又可恶的金钱的来源。在宾馆套房的洁净的白色床单上还印有尹楚那弥足珍贵的处子之血（"处女卖淫"？！），而那柄嗜血之剑的下场如何呢？

"我不知道！"尹楚忽然将脸凑到罗克跟前大吼一声。

"你应该知道。"

"我不愿意知道你这猪！"

21

让人口鼻清爽的深秋天气,随着一场下个不停的蒙蒙细雨从这座海港城市的街头巷尾无可挽回地撤离了。私人放养的羽色斑斓的鸽子在初冬的暖洋洋的天空中自由翱翔,它们三五成群地栖息于别人家的屋顶和窗台上,随随便便地洒下一摊摊令人作呕的粪便,用红色的小眼珠从脑袋的两侧查看这个世界。它们飞行的时候不再发出欢呼般的悦耳的鸽哨或者干脆忘了还有这档子事。它们成了饮食高于运动的栖身于鸽棚的只知道咕咕叫唤的一族,它们一向是被当做和平和幸福的象征,而在罗克他们这一带几乎成了环境污染和邻里纠纷的指代词。

在罗克的顶上,那位著名的男高音因为鄙视流行歌曲,在对一批死心塌地的业余歌剧迷授课以外,在阳台上搭起一只铝合金框架的鸽棚。他每天早晨冲着这批天使般的宠物用西语将一个或者两个世纪前的洋人对命运的咏叹,移花接木乃至唱出了他本人对捉弄人的生活喟叹:"为艺术,为爱情。"男高音扫了一眼正在铺床叠被的妻子:"唉!"他用宣叙调唱道:"算啦算啦。"结束了这一天的"艺术家的生涯"。

罗克早已听惯了这虎头蛇尾的练声曲,独自躲在房间里替自己递烟倒水,冥想往事。他站在蒙着灰尘的窗台边朝外面凝神驰目,竭力想排除心中的杂念和外界的干扰。不一会儿他就气馁地放弃了这一瑜伽式的修炼计划。他绝望地体会到随着生活的拨弄他已无法再独立沉思。对混乱多变的、匮乏而又紧张的个人生活与令人目不暇接丧失判断的大千世界全都失去了耐心。对罗克而言,独自一人就意味着追抚往事而又痛惜不已,同时又对这一切保持白痴般超然的冷漠。他的思维渐趋硬化,他感到有必要让自己浸泡在与随便什么人的谈话之中,但他又恐惧于别人的有时几乎是无法理解的陈述。他从未将自己归入思虑过重者的行列。他知道自己时常夸大了痛苦使之变形由此获得一种异样的快慰。但一段时间的寄生式的生活总会带来一层忧郁的面纱,使罗克沉浸于空虚无聊的忧虑之中。表面看来他的每一分钟都是快活的,一旦将这些淘气的一分钟组合起来却得到了一个情绪低落的白天以及充斥着无聊谈话的借酒浇愁的夜晚。他会在某些瞬间里认定自己的倒霉的状态是不可取的。紧接着他又会产生一个相反的念头，从这不可取中觅得几缕可取之处用来宽慰自己。这种自产自销的精神慰问品通常是将日常生活不加甄别地上升到一种普遍的高度，对之进行一番非哲学的抽象，然后用一种通俗易懂的语言平易近人地将其送还自己。遁世的念头开始不时地光顾他，但是他又挑选不出离群索居的上佳去处。更何况一个电话，一封字迹潦草的短笺就足以将他唤回刚才还让他厌烦透顶的生活中去。在这种时刻罗克通常不将尹楚考虑在内，因为那样有悖胡思乱想的初衷，正是由于爱情的创痛才使他扮演起思想者的角色。哲学是纯粹的，这种纯粹刚够罗克从艺术化的怨恨中脱身而出。

此刻，从罗克的浮想联翩的脑袋往上升高三公尺，另一名处于半退休状态的中年男子同样怨气冲天而又默不作声地坐在他的爱物兼老伙计，一架簇新的英雄牌钢琴前。打开琴盖瞧瞧，一股子樟脑丸的清香从绷紧的钢丝和排列整齐的绒槌间袅袅而来。紧凑的琴键，一踩上去还发出短促"吱吱"声的踏板，他盼望了大半辈子的这一份快乐和满足，无疑来临得不合时宜。他所在的合唱队就像背运的明星骤然之间被那些满舞台乱窜的歌手给挤下了台。他在摇摇晃晃的木架子上规规矩矩地站了几十年，用他的明亮柔和的次男高音衬托着直冲云霄的第一男高音和女高音巡游于俄罗斯的河流与阿尔卑斯山谷之间，他还同他的木架子上的伙伴一块细致深入地刻画了伟大的抗日战争。他清晰地记得演出无伴奏合唱时弥漫在各个声部之间的那份兄弟姊妹般的同胞感情。他同样记得第一次捧着印有"领唱：高歌"字样的节目单时的那份功成名就的惬意感觉。

这位艺名高歌的中年男子用食指点了点小字二组的升 F 键，用左手罩在耳朵上听听自己的哼鸣。在这只黑键之下高歌的歌喉温柔得宛如一名女中音深情的吟唱，一旦超过了这只黑键，他的嗓门就下意识地带上了金属之声。（不过是那种满是锈斑的气息和绷紧了声带的合金）或许是天长日久气息贯顶的缘故，高歌的小脑极为发达，尽管他为人老实巴交，从不在背地里说别人的坏话，但要是跟他的老婆发起火来，那清脆嘹亮的歌喉就会以进行曲的速度放射出震撼屋宇的磁性的叫骂声。

他的叽叽喳喳的女儿们就像一个劲头十足的童声合唱团，没日没夜地吵吵嚷嚷。她们那银铃般的大呼小叫在他的高亢之声的引领下仿佛在演唱一部技法新颖的有着巴托克式刺耳和声的现代作品。

罗克仅有的那点可怜的有关合唱艺术的常识就来源于这个豢养了一窝鸽子的、歌声不断的、有着一个怒气冲冲的父亲一群欢天喜地的女儿外加一名愁眉苦脸的母亲的喉管乐团。

22

尹芒一家(包括罗克相对比较了解的尹楚和相对不太了解的其他形形色色的成员)在将近半个世纪的艰辛岁月里一直居住在这幢由一个名叫约翰·威尔逊的英国人设计并督建于一九三九年的西村公寓里。最初是由尹东山学生时代的一位女友(多么甜蜜的五十年前的一瞬)帮他租下了其中的一套房间。在一大段又热闹又无知的婚前练(恋)习曲之后,尹东山在那扇厚实而又光滑的柚木门边先后迎回了三位风格各异的妻子。虽然这位颇具才华的铁路工程师是一位对婚姻生活有着特殊兴趣的人。但这类不足为外人道的个人喜好不影响他作为一名不可多得的爱国主义者的崇高形象。他在他所毕生从事的研究领域里所具有的美妙绝伦的智慧远胜于他的十三名子女那缺乏敬业态度的智力商数的总和，在其他方面他们可都是些能手。这位父亲将他对生活的独异见解以及对往事的浓厚的志趣秘密地遗传给了他的儿女们，就像一名被人们称做行家里手的园艺师将他的私人温室摆弄成一个花繁锦簇争奇斗艳的"怡红院"。他的儿女们都是一些犟头犟脑的自行其是的家伙，当他们的父亲尚未辞别人世之际，他们就已经在天南地北的各种角落闹出了许多令尹东山啼笑皆非的事端，著名的上了晚报社会新闻版的尹楚自不待言，他的宁馨儿尹芒大学尚未毕业就陷入了混乱不堪并容纳了罗克、孙澍之流的多边恋爱，他的作为对他五音不全的补偿而献身音乐的天才的第七子，在取得了法兰西音乐学院贡蒂埃教授亲笔画押的推荐书之后，涉嫌卷入了倒卖文物的走私大案，依照法律他将不得出境，他的长子继承了他的衣钵狼狈不堪地跌入了旷日持久的离婚诉讼，他的其他的子女或是与共和国共命运在特殊年代去了边疆，或是与他们的母亲共患难在非常事件之后归顺了他们的外祖父外祖母。尹东山未必是一名大义灭亲的典范，但他确实是一个丢三落四的糊涂虫。也许是因为他无力照顾如此庞大的家族，只能采取听之任之自由放任的办法，其结果是肝肠寸断愁苦不堪。随着尹东山的谢世、尹芒的出国，他的第三任妻子（尹芒的母亲）离开了西村公寓搬回了婚前与她父母同住的石库门旧居，接着促使这个家庭趋于瓦解的契机出现了。一名身份不详的男子，揣着一份皱巴巴的五十年前的契约，自称是某位女士的儿子，现在要收回这份房产。这个男人向法院呈递了状书，于是尹东山的长子来回奔命于两个法院之间。而此刻，尹楚受命镇守住这个危在旦夕的冷冷清清的被称之为家的套间。

从尹楚与赖特的遭到公众舆论一致谴责的恋情来看，她不是一名种族主义者。他身上不带有南非式的对黑人的歧视，她也许还考虑过与黑人兄弟通婚呢。这一人生道路上的小小的挫折给她在待人接物一类的琐事上带来了负面的影响，她让自己以大大咧咧的态度对付来自男人的大同小异的花言巧语，她处理各种以恋人絮语面目出现的陈词滥调有一个纯系私人的诀窍，那就是用冷峻的目光直射对方的私处，仿佛是在探究裁缝的做工。曾经有个笨蛋宣称从她下垂的目光中读到了"沉默的诗意"。这结结实实地令她狂笑了一个下午，尹楚原本是个在这方面捕风捉影的能手，一旦碰上一个花花公子，本能地就在身体周围设立了防线，女性的矜持到了她这儿就变成了嬉笑怒骂。在罗克的眼里，尹楚既非光艳照人的女性，也不是光滑无比从不设防而又拒人于千里之外的女性。她是一个有着水汪汪的眼睛，政治家般倒挂着嘴角专门收拾丈夫的家政大师。尹楚与她的同父异母的妹妹尹芒一样是一个渴慕家庭的人，她检验异性的最高尺度即是"丈夫"。

但有时生活也会像一部小说那样，基于结构上的考虑出现一些意料之外、情理之中的事，比如，当罗克在某个雨夜给她挂来一个吞吞吐吐的电话，而她身边又坐着一位办事认真的公安人员。这时候她就允许自己的原则稍事休息听任澎湃如潮的愿望做一回主，随口说出一些酝酿已久的略加变化的爱情习语。

人们通常会对自己忙忙碌碌的生活产生一点无害的错觉，假释出狱的尹楚一直误认为她是在试图按照一种修正过的人们乐于接受的准则开始新的生活。这同她入狱后的第一个失眠之夜有关，她原来以为因为精神上的极度疲乏自己会不顾一切地倒下就睡，但她束手无策地看着自己在冷冰冰的墙壁上来回移动目光。她的杀气腾腾一脸凶相的狱友是名打呼噜的能手，仿佛是为了给尹楚难于平静的心情作证，她接二连三地打出一系列排山倒海般的鼾声，搅得尹楚眼睁睁地噩梦联翩，她看见一只从未见过的非虎非豹的猛兽，顺着泻入牢房的一缕月光扑腾一下潜入她的体内，在她的各个脏腑之间串门似的转悠查访，这只皮色斑斓的无名之兽不时发出近似交谈的长短不一高低错落的声音，尤为使她惊诧的是她居然听懂了它的含义，那是一次警告，它预示了第二天凌晨令她昏死过去的神经性的入血。从那个魔幻的夜晚之后，尹楚认定自己能听见内脏器官在病变之前那通风报信式的谈话。她动用裹着糖衣的新型胶囊或者一只热水袋来贿赂它们，如果碰巧它们心情愉快并且暂时忘却了那只怪兽的唆使，就会高抬贵手使她免受撕心裂肺之苦。尹楚将对病魔的屈服与对令她灰心丧气的生活投降画上了等号,她对自己展开了禁烟宣传,阅读一些普及性的科学论文,用酗酒的危害性吓唬自己,对肌体的严加看管使她获得一种循规蹈矩的理智上的抚慰,使她轻松愉快步履迅捷,幸福的感觉首先以健康的姿态出现,与此同时七情六欲卷土重来,尹楚再一次为欲念所统辖,陷入了新的一轮灵肉之战,她以对存在的高度体会应允自己:"先让肉体获胜吧,然后再让灵魂占上风。"

尹楚和罗克最先是通过纸牌和象棋来交流体会他们之间感情的微妙之处的。他们互相赞美对方粗劣的棋艺,大吃对方的过河之卒,不停地申请悔棋的权利,瞅准一个机会杀得对方片甲不留。他们在扑克上花费的时间更多一些,每次玩牌先由一些简单至极的胜负游戏开始,很快进入了相对复杂的对命运的反复探究,用纸牌算卦是最能使入耳目聪灵大脑糊涂的消磨意志的游戏,它恰如其分地统一了尹楚和罗克的懒洋洋的精神状态,让对方作为自己不思进取的鲜活的依据。

从游戏的桌子到意味深长的床铺之间的距离是遥远漫长的。当他们心平气和的时候,这件事看起来显得那么遥遥无期。他们互相成了对方与这个世界的屏障,偶尔通过一二个熟人打听一下这个大村庄似的城市里都有些什么鸡鸣狗吠,但是顷刻之间就让刚获得的流言蜚语搅得心神不宁,失去了好不容易培植起来的温和的心情。许多美好的时刻因调侃而降低了程度。某个无精打采的黄昏,在等候房产所有者例行公事般的骚扰降临之前，尹楚从一本杂志上读到一段极为浪漫的文字，她把这段韵文推荐给正在打瞌睡的罗克，让他欣赏一下这段赞美女性胴体的优雅的诗篇。罗克揉了揉微酸的眼睛，不大乐意地抢白道："不就是胴体吗，照字典的解释一个指的是大肠，再一个指的是体腔，知道什么是体腔么？告诉你吧，那指的就是整个身体除去头部四肢和内脏余下的部分。""胡扯！"尹楚抗议道。"也许吧。"罗克在沙发上伸展了一下腰腿，继续评论道。"颂扬肉体是危险的，它包含了色欲的成分，还是赞美精神吧，就像你我之间正在做的那样。"罗克重新闭上眼睛，蜷曲起身子，他暗自窃笑，难道我听说的赞美精神就是令其昏睡吗？不对，假如仍然依照字典的话，昏睡的正是胴体呐！

23

晚上九点,尹楚像一名士兵那样匍匐在床上,腰间的皮带扣上扎着一根闪亮的银针,她正回想着撒谎者赖特。已故的受益者尹东山五十年前的乐善好施的女友的油头粉面的儿子以房产所有者的当仁不让的派头矗立在门前。

"请问尹楚在吗?我是如约前来的。"

"你迟到了。"罗克说。

"我是乔光中,"他抬起胳膊亮了亮手上的戒指,然后顺势捃捃头发,一副富家子弟的骄横样,"你是谁?"

"我是尹楚的律师。"罗克吐字清晰,对答如流,使西装笔挺的乔光中暗暗吃了一惊。他的下颏往里收进了几分,并用躲在金丝边眼镜背后的一对金鱼眼瞄了一眼脑袋上树立着一缕乱发的罗克。

"我跟尹楚说定的,她怎么能爽约?"

"谁让你来晚了呢。她有事出去了。"

"她能有什么事。"乔光中不满地嘟哝了一句,仿佛对尹家了如指掌。

"你是跟我谈呢,还是改日再来?"

"都可以。"未经证实的房主将球抛还给罗克。

"是这样的,你跟我谈呢,只是白费唇舌,因为我做不了主;你要是改日再来呢,还得跟尹楚另约时间,你看着办吧。"罗克说。

乔光中是位心明眼亮处世得体而又斤斤计较的人物,他一眼洞穿了面前这位冒牌律师的险恶用心,他既不告辞也不在没受到邀请的情况下强行进屋。只是在门前站稳了脚跟,拔高了嗓门在走廊里嚷嚷起来,他要在左邻右舍中间制造点舆论,为他有朝一日进驻西村公寓打下社会基础。他在空荡荡的走廊里发表连篇累牍的讲话,从历史的沿革讲起,中间着重阐述了在法制日益健全的今日之世界作为一名公民(当然指的是尹家的儿女)应该遵守的万世不易的道德和不断完善的律令。同时,用自问自答的方式含沙射影地强调了蔑视社会准则所带来的人所不齿的悲惨结局。乔光中知道那些热心肠的邻居正耳朵紧贴着门缝听得津津有味呢,他以一名有经验的播音员对不曾谋面的忠实听众的了解继续他那半真半假的动情的演说。

罗克抱着自己的胳膊,倚在门边,用一种录音师式的无动于衷又一丝不苟的疲倦神态聆听这位走廊鹦鹉的宏论。乔光中是一名擅于此道的老手，他舍弃了那种声嘶力竭的叫嚣，用跌宕起伏的宣讲来召唤和感染那些潜在的听众。你可以忽然从他的演讲中看到孤苦无告的面容，忽然又可以看到向广大听众呼吁公道的遭受凌辱而又心怀善意的纯洁面容。他根本就不在乎假律师罗克作何反应，仿佛他此行的目的就是来一番走廊布道。

罗克原来估计自己会对乔光中的长篇大论产生嫌恶之感，但是这种近若咫尺的距离使他觉得就像是一名足球场边的巡边员，既不像气喘如牛的运动员全力以赴地到处乱窜，也不像看台上狂热的观众吼叫得死去活来但一点也起不了作用，他也不是主裁判，只要乐意亮出红牌将什么人罚出场去。他是一名与球赛又有关又无关的人，他只是沿着边线来回跑个不停的手挥小旗的中间人物，从理论上来看他也许毫不动情——正是他小旗一指瓦解了一次又一次激动人心的进攻。是的，越位，罗克正是这样看待越过应有界线的争斗故事的。那些速度过人的家伙最终发现自己过早进入了不该进入的领域。

乔光中先是为自己的言论所激动，随后渐渐地失去了热情，面对着睡着了一般的罗克，他变得灰心丧气起来，他觉得自己有点像一个作茧自缚的笨伯，为自己的吵吵嚷嚷所困扰，不知道什么时候停下来合适，或者索性一条道走到黑，末了咬破语词的茧壳，化做飞蛾无声地飞上几圈，结束由蠕动着蚕食开始的旅程。

罗克记不清乔光中悻悻而去前又说了些什么。他只是对自己说："你该醒醒了，该去看看叫一枚银针固定在床上的爱人了。"

房间里一点声音也没有，罗克猜想可能尹楚已经睡着了。他走进朝西的那间屋子，只见尹楚交叉着双腿端坐在床上，捧着一个玻璃杯正大口大口地喝水，她抬头看了罗克一眼："你至少应该发出点响声来，我还以为你跟那个说相声的一块儿走了呢。"

"这不可能。"

"为什么？"

"我都快睡着了。"

"怎么样，是不是衣冠楚楚，能说会道，举止高雅。"尹楚问。

"那还能错？"

"知道他是干什么的吗？谅你也猜不出来，他是区中心医院的电梯仔。就是咱们楼里那种电梯，往停尸房运尸体的。"

"要不怎么说生活磨炼人呢，瞧他在走廊里那个劲头，原来是冲着将硬未硬的尸体操练出来的。"罗克总结道。

Chapter 3

【卷三】

1

罗克的母亲是一位微胖的行动敏捷的老太太,在未来的某一天她也许会被爱唠家常的人称做是精通气功、医术、剑术、心术的民间人物。她是各类业余活动的积极参与者,几十年来在她戏剧家丈夫的浓荫遮蔽之下,她的能使平凡事物熠熠生辉的卓越才华就其影响范围而言相对逊色了许多。她是一位擅长于在走亲访友的融洽气氛中塑造各类社会新闻的人,她热心于这·竞争激烈的心智活动。但她的娓娓道来的风格,就其打动人心的魅力而言是那些四处聒噪的家庭主妇所不能比拟的。但她从不居功自傲,从不在喜怒无常的儿子面前自吹自擂,更不用说与颇有建树的丈夫争所谓一日之短长了。她是谦逊的,通常说好脾气的,懂得适时施加压力的,信奉妥协的,必要时全力斡旋的妻子和母亲。

　　罗克的母亲每天清晨即起,在附近的小公园练上一套博采众家之长的有气无力的绣花剑,她的剑锋上没有一丝一缕武侠影片中江湖恶少的邪气,从它徐缓移动的模样来判断,怕是连切开空气都极为困难。这一阵活血化瘀的演练之后,便踱着方步沿着公园内的水泥小道蜿蜒而去。一路上捎带观摩一下男女老幼的各派功夫,草木掩映之间不乏身怀绝技不动声色的真人高手,但更多的是那些衣着华丽,一边表演花拳绣腿,一边"嗬!嗬!"个不停地想引来围观者的好出风头的俗人。罗克的母亲对这一切一概以善意的微笑待之。这种公园景象的含义她已了然于心。今日的顽童就是明日的寿星,公园内朝晖之下的勃勃生机拂去了几许昨夜的悲苦和去日的劳作,这是这些面色红润、精通养身之道的习武者所不愿道及的。

　　正是在这个洋溢着深秋的美意的小公园里,罗克的母亲迎面撞上了尹楚的邻居,罗克中学时代的生物教师。罗克的母亲隐约记得似乎在某次家长会上与这个笑容可掬的男人有过一面之交,她立即记起这张五官松散肌肤蜡黄的面孔。经过一番吐故纳新之后,清新的空气使高老师显得神采奕奕。他们互道早安之后,便开始嘘寒问暖,他们互相恭维对方的气色,用吉利的字眼恭祝对方万寿无疆。然后话题一转,高老师不无忧虑地、富于想象力地将罗克与尹楚的恋爱故事渲染了一通,最后以知情者的权威面孔预言对方的质地良好的儿子正往深渊中坠落。当罗克的母亲陡然变了脸色,神情焦躁起来,高老师便适时收住了话题,以游园者的若无其事的悠闲步态走开了。

大发雷霆并非罗克的母亲所擅长,作为一名妇女问题专家她深知出自一名男士之口的蜚短流长包含了多少真实性,但遵照一名母亲的天性,她依然决定与自己的独生子作一次促膝谈心。她并不指望通过一次谈话使儿子回心转意,她仅仅想稍稍施加点影响或者从罗克那一贯的含糊其词中觅取一星半点令人宽心的征兆。

她的尝试立刻遭到了火冒三丈的罗克的毁灭性的打击,他就地摔碎了手中的茶具,以一名丧失理智的复仇者的狂怒朝西村公寓冲去。

典型的罗克式结局是,走在半道上复仇者就变得徒有其名了,他已经在理论上将那位女里女气的肛门爱好者击倒了一百次。当罗克踏上西村公寓那黑灯瞎火的楼梯时,他满心巴望的就是在尹楚的怀抱中失声痛哭一场。"男人的臭毛病",尹芒曾经这样评价这种没来由的脆弱。

2

罗克是一个羞怯的同时又有着强烈的倾诉欲的人。一般情况下，他能够审时度势不至于挑错了听众，但是爱憎分明的罗克难免也有出错的时候。

这天下午，罗克在大街上闲逛了好一阵子，在一家书店里替尹楚买了上下两册一套的外国漫画。因为那里面有尹楚最喜欢的几幅作品。她曾经在一本杂志的画页里读到过：一位将图书藏在冰箱里的家庭主妇等等。然后，他又在一家排着四五个人的队伍的熟食店里买了半斤兔肉，这也是尹楚爱吃的。罗克将这些东西塞在一只塑料提兜里，心里想着尹楚是一个爱吃零食的女人，而这一爱好看上去到老也改不了，不免觉得自己沾染上了一点丽莲·海尔曼所谓的"甜甜的伤感"。

当尹楚趿着拖鞋，穿着一套崭新的便装式运动衣来给罗克开门时，他那报仇雪恨的宏图大志早已被一份日常的小小的欢乐挤到了脑后。

房间里还有另外一个人。

"区小临。"尹楚给罗克介绍。

"你就是罗克？"区小临从沙发上站起来使劲跟罗克握了握手。她穿着一套与尹楚完全相同的粉红色运动便装，扎着一根又粗又短的辫子，一副朝气蓬勃的样子，那白净的皮肤下仿佛点着一盏红灯，将脸颊映照得红彤彤的。

"漂亮吗？"尹楚忙不迭向罗克展示区小临送她的新装。罗克听尹楚谈起过这位大名鼎鼎的在好几部故事影片中专演什么人的调皮捣蛋的妹妹的戏剧学院的大学生。尹楚在介绍这位个性独特的女演员时列举的典型事迹颇具画龙点睛之功："她从来不戴胸罩。"区小临使用率最高的两个字就是"糟蹋"。据说她糟蹋了自己的学业和名声，糟蹋了她所演过的影片以及那些影片的男性导演，同时也让那些狗屁不通的导演糟蹋了自己。

区小临始终不敢"糟蹋"的大概就是她与尹楚的友谊了，或许是数历风尘使她对尹楚的际遇深感同情之故。隔个一年半载她便会宣称从乌鲁木齐或者拉萨的某个外景地拍片归来，不辞辛劳地赶来与尹楚作一次彻夜长谈，涕泪交流地将男人痛骂一顿。

区小临原是尹芒的朋友，五六年之前的一个夜晚，区小临从一名不太著名的导演家中撤退出来，像一名辎重队士兵那样拖着全部行李来尹芒家借住一宿，刚巧尹芒不在，她便与尹楚一见如故地聊了起来。那是一个推心置腹之夜。从此以后，区小临成了尹楚的密友，与尹芒反倒疏远了，最后只剩下在电话里寒暄几句的份了。

尹楚拖来一张矮矮的圆桌，取出区小临带来的国产威士忌，给这位电影明星倒上酒，给自己来了杯开水，给罗克来了杯啤酒。三个人省略了祝词，默不作声地碰了碰杯，各自从杯中呷了一口，然后分别在沙发、扶手椅和一张破旧的藤椅上坐了下来。他们的话题自然而然地落到了三者都有话可说的尹芒的身上，他们根据街头巷尾的道听途说，电视里的风光画面，报刊杂志上的文字描述对尹芒在澳大利亚生死未卜的命运作了一番一分为二的推测。他们三人全都惊异于自己的冷淡的语调，接着他们便放弃了这个话题，听区小临神吹了一通她正在参加拍摄的一部战争片，听她如何在这部片名为《密杀令》的故弄玄虚的影片中亲自接受蒋委员长的委派，前去暗杀一名由一位著名演员扮演的双重身份的地下人员。区小临向罗克和尹楚绘声绘色地形容自己在影片中如何麻利地在一个又脏又臭的旧仓库里拔枪射杀嗷嗷乱叫着朝她扑来的面目可憎的临时演员。她示范给罗克和尹楚看，那个异想天开的导演如何指示她用一种完全不可能的手腕动作和射击角度在镜头前击毙一名帮闲的次要演员。她拍着自己的右屁股说:"我要残废了。"原因是她在一个星期前从马上摔了下来。"这是我一生中头一回贴伤筋膏药,我真受不了那股子味,我都不知道怎么形容它好。"她补充道。末了她一以贯之地总结道:"这部影片整个儿给糟蹋了。"当尹楚问及主要责任在谁时,区小临以一种权威的口吻评论说:"从上到下没一个人使过枪,这电影不给糟蹋了才怪呢。""话也不能那么说,"尹楚说,"请个军事顾问不就得了吗。""军事顾问?"区小临哈哈大笑起来,"要那玩意儿干吗呀?他们甚至想用骡子代替马呢。"

罗克被区小临那指手画脚挤眉弄眼的叙述感染了:在连续不断的啤酒的辅助作用下,他觉得连说带比划的聊天真是意趣无穷,他从椅子上起身给二位女士表演从电视里看来的哑剧,逗得自己前俯后仰乐得什么似的。等到发觉二位女观众并不在笑,只是满怀善意地看着他,罗克只好诙谐地回到椅子边坐下,旋即又起身去上了一趟厕所。等罗克在厕所里轻松一番回到椅子上,区小临没忘了补充一句:"你真能糟蹋电视。"

"你打算一辈子演电影吗?"罗克问道。

"干吗要打算呢?好像一辈子是挺长一段时间似的,你说呢尹楚?"区小临将双腿架在沙发边上。

"你的腿还是那么漂亮。"尹楚并不接她的话。

"漂亮什么呀!早让我给糟蹋了。夏天我都不敢去游泳池了，穿裙子我都不敢大步走路啦。除了扮演穿马裤的军统局女特务，我已经没有什么角色可演啦！"区小临仿佛很高兴似的评论着自己。

区小临是一个性感的、蝴蝶般耀人眼目的、乐观开朗而又丢三落四的旅行家。她的到来和离去总是伴随着一阵惊天动地的喧哗，就像暴民涌入了粮库。她常常将带小轮子的皮箱、牛仔布面料的旅行袋之类的私人物品寄放在别人的家里，将它们像探险家的遗物一样闲置在那里，她自己犹如一名深入沙漠腹地的浪人，音讯全无。过了一年半载，她会忽然以一种九死一生的严峻面容重返安居乐业者的庸常生活。这时候她的膝下通常又出现了新的皮箱和提包。罗克私自断定，区小临这类耽于骑马漫游式生活的人异于常人之处不全在那风尘仆仆的生活形态，而在于肉体的近乎机器式的剧烈活动使她侥幸避免了一种精神上的假死状态。在罗克看来，每个人的一生中都会经历一次抑或一次以上精神上的休克期，在这种自我囚禁式的封闭状态中，人就恰当地回到了梦幻般的世俗生活的表层，在这样的时刻，精神从最高的召唤转变为最低的乞求，人的生活将被定义为色情的和无所依傍的。区小临仰仗着急速更迭关注的对象和景物，像兔子似的东搬西走，规避了罗克称之为精神休克的甜蜜的虚空状态。

在区小临本人看来，她与其他人（比如罗克）的相异之处在于她的感情和表达感情的方式都是简单明了的，就此而言，尹楚是她的同盟者。而罗克虽然感情同样简单明了，但他的追根溯源揣情度理的表达方式反使他迷失在透明的胶着状态中。罗克是一名不朽的失败者，他的千秋万代的业绩就是一错再错。他的无可避免的最终形象就是一个道德完善的奴才，但他尚不能安全抵达这一归宿，他是一个在途中徘徊的人，一头荒原之狼，一个试图以搏杀拯救灵魂的内心幽闭的流放者。

琥珀色的威士忌顺着区小临的喉咙流遍了她的全身，使她身心愉快双眼矇眬。她觉得有人正在替她的舌头打结。区小临格外费劲的咬文嚼字似的继续她的谈话，她以罗克和尹楚慵懒的神情推导出他们俩已经习惯了无精打采的生活，并且宣布他们将进入一个唉声叹气无所作为的阶段。

"罗同志，你与尹家似乎有前世不解之缘，但我料定这种像苍蝇一样乱飞的生活必将毁灭你，你信不信？"

"那么你说该怎么办？"罗克问。

"我指给你两条路，躲开这个是非之地，回到你父母身边去，找个合适的姑娘结婚生孩子去。再一条，我刚才说的是第几条？尹楚，告诉他是第几条……"

大半瓶威士忌把区小临引入了梦乡。

"她累坏了。"尹楚抬头看了罗克一眼，"她挺漂亮吧？"

"不但漂亮，而且大方。"

"别夸我。"区小临闭着眼睛咕噜了一句。

面对一名活泼自然的年轻女性，罗克无可挽回地陷入了一种略微有点放肆的想入非非。这位睡美人是使罗克意惹情牵欣悦不已的那类女性，她的体态和笑靥在握手的一瞬间就令他产生了似曾相识之感。在简朴的酒会上，第一口青岛啤酒就使他一头栽进了浮光掠影式的对往事的翻检，少年罗克，那个胖乎乎的，总是在跳马前止步的身影又一次栩栩如生地凸现出来。与此同时，另一位区小临以留着齐耳短发的护士形象在一间他已记不清陈设的房间里朝他微笑。罗克仿佛是在观摩一部由区小临主演的电影，而影片叙述的故事是有关他的个人经历的，她（区小临）穿着泳装，皮肤黝黑，陌生而甜蜜地吸着纸烟，就像一名泰国妇女。

"她很像我童年时代认识的一个人。"罗克低声告诉尹楚。

"你是第一次谈起世界上有两个彼此相像的人。"

"她对我个人来说非常重要，我所有的性幻想都来源于她。"

"她叫什么名字？"尹楚问。

"我已经不记得了。她是一名护士，她结婚很早，丈夫是一名游泳教练，他是我母亲的一个表亲。有一年我母亲让我去他家取一块手表。只有一面之交。"

"你经历了什么特殊场面了？"

"没有。她在房间里走动，一闪而过，就像电影中的一个镜头,我动心了。"罗克自嘲道。

"那么现在呢?"尹楚紧追不舍。

"噢,现在只不过是有了一部旧影片而已。"

"仅仅如此?"

"差不多吧。"

3

　　事实远非如此。这部举足轻重的旧影片的另外一个版本与罗克轻描淡写的交待相异其趣。罗克有时会想可以给这部百看不厌的影片取名为《游泳池》。时间是夏季,主要人物依旧。它在风格上是印象主义式的。蕴含着无穷无尽闪烁的光斑,揭示了水池内部那波动着的朝四面八方荡漾开去的能量,并且暗示了性欲的反面——那吞噬一切的死亡。但是二十年的岁月过去了,罗克在绵密如丝的回顾中体味到性欲之风的突如其来的摧毁力,以及风暴过境之后废墟般荒凉的颓败景象,它所难以预见的战争般的创伤,内心家园的绝望的重建,在新的感情中所镌刻的喘息般的昔日情景,总之,它带有更多的垂死的、回光返照般的印记。时至今日,对原初一刻的记忆包含了无奈的思念以及读解和阐释的分析性倾向，它所遵循的思路像英语中副词化的后缀。给予不同的含义以一种道德上的统一性。同时又是事理本身的一次延伸。不断地回忆在罗克的精神中建立了规则般的沟壑，记忆的钟摆日益频繁地趋向于诠释的一端，冲动渐渐地消失了，并且最终带走了那些绚丽的画面。

"区小临"在游泳池边的年轻形象是恒定不变的。她在一米跳板上腾空跃入池中的舒展身姿可能是罗克的幻觉，他甚至不记得她采用的是优美的蛙泳还是劈波斩浪的自由泳。她从对岸向罗克游来，在他面前停住，用手按按游泳帽。"我来教你。"她对一个七岁的男孩说。这就是那部旧影片的俗气的序幕。它有别于逝世前两年的马蒂斯所作的一幅同名剪纸作品所揭示的主题。伟大的马蒂斯"用欢乐的翻转跳水的身体"告别了这样一个主题："精力充沛运动中的人体，动物，涤光罪恶的肉体，一个终端本身。"

在罗克的意念中，女性是梦态的，具有日常的抒情气息。她们从不以超凡入圣的性质出现。总是活生生的无法回避的，从来也不会与任何概念相吻合。她们就像风景中的一缕光线，转瞬即逝而又使人魂牵梦绕难以忘怀。她们值得你永久地回忆。在内心深处不断地复现她们直到她们为你的记忆所改变，罗克知道她们在某处过着他一无所知的生活或者已经死去。但是这又有什么关系呢？关键是她们在记忆中保持着稳定的形象，这种稳定性趋向于罗克的需要和情感上的欲求。有时候则完全相反，仅仅是一种旋律性的演化，对细微处的修改服从于愉悦感官的美感要求。女人像音乐一样美妙地变化着，可曲终时也许把你引向了痛楚和忧伤的麇集之地。

童年情景一旦与一位特殊的女性相维系无疑被自动蒙上了幻想的色泽，它牵涉虚幻性和和平主义倾向。但是有谁能向一个出生在非战争年代的或者严格地说局部战争年代的儿童要求对暴力残杀，非正义，手无寸铁者的劫难，人用肢体对自然所作的痛苦绝望的征服等等事端作出条理分明的反应呢？

罗克只能等待未来岁月来改变他的内心图画。那中间有爱情也有战争，但两者被空间宽容地隔开了，即便如此，罗克还是毫不费力地认出了它们之间的相似之处。但是罗克似乎不为它们的残忍和无常所困扰，仿佛对此早有准备。

七岁的罗克骨节宽大皮肤白皙，穿着纯棉的圆领汗衫，甩着膀子走在去游泳池的沥青路上，脑门子上满是汗珠。在夏季的酷日之下变得黏黏糊糊的路上散发出令人难忘的刺鼻气味。这段路途没有给罗克的臆想增添氛围方面的要素，只是给未来的记忆提供了一份冷却了的证据。这份气味清单上还列有自来水的气味，漂白粉的气味，在他面前飘动的人体的气味。

罗克记得自己是多么愚蠢地在水下来回游动玩着泅游的把戏，他像金鱼那样鼓着眼睛，想象着四周布满了婀娜的水草和华贵的珊瑚。可他看到的却是游泳教练在水下小便。小罗克恐惧地将脑袋浮出水面，那名女护士向他游来，在一片扬起的水帘中，她的丈夫从背后揽过了她，并且使她面对罗克神态自若地微笑起来。她摇晃着脑袋，短发在水面上甩了甩。这种无声的场面给罗克一种惊讶之感，犹如一颗臭弹冷漠而充满威胁地插在越南的耕地上。

4

宽阔的街道带有一点坡度，一辆有轨电车从远处灰蒙蒙的雨幕中慢慢地浮现出暗绿色的车体，两旁的建筑物门窗紧闭，隔窗望去似乎蒙着尘埃，令罗克联想到废品仓库和暮气沉沉的生活。他这才感觉到是到了另外一个城市了。一个他所不熟悉却又无意探究的陌生之地。

"我的家乡。"区小临在一旁对他说。

罗克忽然对这次匆匆忙忙上路的旅行产生了一点疑问。"我走不开，你去吧。"尹楚对他说。仿佛她已经察觉到了他的隐秘的愿望。罗克突然让这个城市勾起了一种混合的感觉，似乎这里是一个精巧的沙盘。他的经历和幻想可以随意地在其间展开。这又是一具博物馆式的空间，它自然而然地对往事开放，使其毫无障碍地并列陈放。

又一辆有轨电车从远处浮现出来,它沉重缓慢地挤压着路面,在某个瞬间里,罗克甚至觉得它是停在那里,宛若记忆中的景物。

"我得先去秋林公司。"区小临说。

罗克迷惑不解地望着她。

"我母亲在那儿上班,我得去她那儿取钥匙。你顺便去看看么?这可是我们这儿最有名的百货大楼。"

"免了罢,我不是来参观学习的。"

"我忘了你也在商店工作。"

"没关系,我可以随时提醒你。"

"我已经有五年没回家了。"区小临岔开话题。

"想家么?"

"不知道。偶尔出门会觉得远离了纷乱和烦恼,而我常年在外,家倒成了个幻想中的僻静地方。"

"我从不出远门。这次是例外。我认为家是个功能齐全的场所,你想要不想要的它全有。"罗克说。

机场的班车驶入了斯大林广场边的林荫大道。广场中央有几位身材魁梧的军人在雨中摄影留念。

"我称呼你'乔'好吗?"下车之前,区小临冷不丁发问。这个问题她在麦道飞机的机舱里已经提过一次。

"为什么?"

"我觉得这个字的声音对你非常合适。"

"是名字还是姓?"

"是外号！绰号，或者是爱称。"

"好吧，那我管你叫环型锁。"

"为什么？"

"不为什么。这是一个临时的记号，下车以后我也许管你叫环型天线。"

"错不了。"

区小临从她母亲那取来了钥匙，便到秋林公司楼前的人行道上认领罗克。一个本地大汉正在向罗克打听什么事，只见罗克煞有介事地模仿着对方的口音费劲地做着解释。那大汉听了一会儿便十分生气地掉头走了。

"他问我要不要妞儿，他提供旅馆。"罗克朝走来的区小临汇报。

"胡编。"

"是胡编。咱们走吧。"

两人一前一后，提着行李，穿过一条停满自行车的窄巷来到僻静的后街。

"你母亲什么样？"罗克问。

"老太太还能什么样？"区小临反问道。

"我是说她见了你一定挺高兴的。"

"我还没说话她就站在柜台里哭开了。"

"真没办法。"罗克发现自己说了句没来由的话。

"我父亲死了。已经一年了。"区小临停下脚步，站在人行道上就哭了起来，"我不知道，要知道我会回来的。"

"我说什么你才能不哭呢？"

"说什么我也得哭。"

雨水沿着街道两边的低凹处向城市的下方流淌，街道被冲刷得极为洁净，这种景致如果作为记忆之一加以收藏对罗克而言十分合适，他首次意识到长距离旅行给他带来的震动，一座陌生城市的外观在旅行者的目光中拥有着饱含水分的微尘飞扬的奇怪感觉。它的寂静隐藏着狂欢之后的残迹，而这狂欢并非爆发于一夜之间，实际上它是漫长时代的演变所遗留的擦痕，浸透在裸露在外的深红色的泥土中，象征着无以言喻的野蛮和粗暴的痛苦。它在下午两点的冷清的细雨中毫无知觉地闪着它的干燥之光。北方，罗克告诉自己。此刻，他才发现了地理的含义，这个在行道树下尖声抽泣的姑娘无可抑制地从罗克的浪漫遐想中退出身去，她在雨中伫立的俏丽的身姿朝罗克喻示了故往之事的全部晦暗之处。"我几乎不认识她。"罗克对自己说。

故乡的风物使区小临在罗克的眼中纤毫毕露，但是又在凝视中变成了神秘莫测的镜中之物，这一切仅仅发生在一瞬之间。她通过　次哭泣一次内心的哀诉向着给予她血肉之躯的父亲的亡灵回复了她的完整的经历。她的独自沉湎的神情加深了罗克客居异乡的孤独之感，并且展示了这次旅行的全部盲目之处。

有一类女性是象征生活的产物，她们的大性中包涵着投身囚禁生活的欲望，而另一类女性则是流浪的产物，她们与生俱来抱有一种自我放逐的愿望。她们的游历和生活形态或许各不相同,但在各自的领域里都是些翻江倒海而又备尝艰辛的人。而罗克不是一个指认她们的能手,面对那些七情上脸神态各异的女性,他常常是不具备判断力的,他是一个为魅力之光灼伤了双目的现象领域的"永恒的初学者"。

5

夜晚，罗克和区小临坐在客厅的小圆桌前饮茶。昏黄的电灯光影里两人都显得有些疲惫。罗克半躺在椅子里聆听区小临叙述 D 城的历史，让苏联红军、白俄妓女、满洲里这类词句陪伴着他的倦意。过了一会儿，随着对他们厕身其中的这幢俄式建筑的介绍，区小临的导游式的浮泛解说转入了她的家庭。她无可避免地重又谈到了父亲。为了绕开这一伤感的话题，区小临以一种憧憬的语调谈起了她父母的恋情，试图以一种细碎、缺乏中心的散漫回忆冲淡阵阵袭来的伤逝之情。

区小临从一只样式陈旧、饰有万年青浮雕的红木柜子里取出一本厚厚的缎面相册。罗克从扑面而来的樟脑晶的香味中还闻到了一丝缓慢的无法漠视的霉味，相册的表面极为暗淡，灰尘在过去的时间里进驻了纤维的缝隙，已与凄苦的山水图案浑然一体。区小临唰唰地翻着相册，突然在某一页停下来，指给罗克看："我爷爷。"

那位被区小临满怀敬意地尊为"我爷爷"的中年男子一脸英武之气，同时又令人费解地穿着一身胸前爬满纽扣的俄国军服，他紧锁眉头，坚毅之中流露着无法掩饰的忧虑。他的身后是冰天雪地的哈尔滨街道，他的脚边则堆着一大堆大小不一款式各异的皮箱。

本世纪二十年代一些身份不明的俄国流亡者取道哈尔滨转往美洲大陆时，曾在区小临的祖父处临时寄存过一些物品。当他们慌里慌张来取走他们的提箱时，时常会留下一些东西作为酬谢，在这些无法以金钱来衡量其价值的纪念品中就有过时的旧俄军服以及一册精致的莱蒙托夫诗集。

但是最为令人惊骇的礼品是一名女婴。那些无名无姓神色紧张的流亡者未作任何解释，在一个寒冷的融雪之夜消失之后，再也没有出现过。这个被神秘地遗弃了的混血儿后来嫁给了区小临的父亲。

区小临的母亲为她的身世伤透了心，或许她的生父是个立陶宛人或是白俄罗斯人，但这一切无从考证。她不知道在那个颠沛流离的时代，在哈尔滨，在某个俄国流浪者与某个东北姑娘之间究竟发生了些什么？那曾经存在过而如今早已湮灭了的短暂爱情还给这个世界带来了怎样的故事？也许，她只能以莱蒙托夫那千古传颂的诗句作她的身世的注释：短暂的爱情不值得，永久的爱情又不可能。

那永远也无法重现真相的往事的光芒遮蔽了她的生活，使她自己的爱情纯粹成了一次从属于想象的苍白的实际生活的赝品。从她能够操纵自己的想象之日起，就陷入了没完没了的虚构假设之中，随着时间的推移，这种弥合内心创痛的补偿性虚构逐渐演化成了对虚构之需要的满足性冲动。

她越来越内向，越来越沉默寡言，一种突如其来的掩面而泣渐渐取代了繁琐不堪无休无止的讨论，她疯狂地陷入一种言词的活动中，肢体的活动几乎变成了图解，直至对夫妻间的性事完全丧失了兴趣。

作为女儿，她是一名被人收养的弃子；作为妻子，她是她丈夫的两小无猜的伙伴；作为母亲，她是区小临的多愁善感的楷模。她的情绪追忆能力俨然类同于一名训练有素的职业演员，她能够在任意指定的时间地点为她的命途多舛的身世恸哭不已。客观地说，区小临在这一典型环境里受益良多，她的敏感和多疑，自我折磨和自我陶醉均出自母亲的言传身教。无法追根究底的浪漫身世也为区小临精神活动提供了面壁虚构的无限可能性。无中生有的创造能力通过哀怨和泪水由母亲传给了女儿。

6

在区小临母亲的眼中,罗克差不多就是一名流亡者,这个无精打采怪里怪气的年轻人头发在额前晃来晃去,一副来路不明的鬼模样。再者女儿从未跟自己谈起过此人。忽然之间从天而降,无拘无束地携手而来,不由得令老太太抚今追昔备加警惕。夜深入静之时,这位疑神疑鬼的母亲在床榻之上辗转不止,她聆听着从客厅里传来的唧唧私语,不禁悲从中来,暗自潸泣起来,她那婴孩般断断续续的嘤嘤声夹杂着半是诉说半是嘀咕的没头没尾的独白。它如音乐一般在房间里萦回不去,致使伤感中的区小临心烦意乱,她开始在房间里来回走动,噼啪作响地带动不合时宜横在脚旁的桌子椅子一类的东西,以此作为对母亲的过分外露的感情的响应。罗克一再恳求她放弃这种不规则的室内散步，别去与一名沉浸在回忆之中的人勾心斗角。他形容说，区小临的母亲这会儿正像一只秃鹰，在记忆中腐烂的任何东西她都饶有兴致，这一过于形象、过于质感的比喻令区小临大为不满，一种慷慨陈词怒斥罗克的欲望油然而生，但是，就在这同一瞬间，她奇怪地把握了她生活中某种类似于本质的东西。她认识到自己总是慌里慌张地就与某位陌生男人交上了朋友，并在极短的时间内就极为广泛的问题深入细致地交换了意见，气氛总是友好的，会谈总是相当热烈地进行，而且总能够就某些共同关心的问题达成一致的见解。她不明白为什么每每遇见这种事情她总是做得卓有成效。她把自己的原则和经历和盘托出，毫无保留地贡献给对方，与此同时，她极为清醒地看到，她不但概括地欺骗了对方也简要地蒙蔽了自己。在区小临的生活中，这种自我反省的微妙时刻并非绝无仅有，每思及此，她都会由表及里地亢奋起来，在这一弥漫着性欲的时刻，罗克的形象既是唯一的又是一个典型。她催促自己更深地迷恋他的音容笑貌，仔细地分辨空气中分布着的罗克的气息。她的微黑的皮肤开始不易察觉地隐隐升温，但她给人的感觉却是手脚冰凉。当然，此刻，罗克并没有与她握手言欢。旅途劳顿和身处异乡的生疏之感在一片雨后的月光中阵阵袭来，在朦胧之中温暖着罗克的倦意，使他逐渐消退的意识缀满了沉睡般的星形花饰，缓慢临近的梦乡宛若宁静的夜空，在这一片静谧之中还镌刻着星际旅行般引人遐想的隐秘的激动。刚才若无其事地倾听故事给他带来的沧桑之感此刻变幻成了非常富于风格的迅速消失的疲倦感。他犹如一名惶惑的情人为花园的玫瑰丛中的倩影牵走了魂魄，迷失于更深的恍惚之中。

7

在某个天空晴朗的日子里，譬如他们到达 D 城的第二天，呼吸着从海上吹来的清新空气，阵阵爱意浮上了罗克的心头。凝视着窗外亲切地呼唤着他的目光的一簇簇陌生的树荫，尹芒的面容又从罗克混沌的内心深处显现出来。这个形象是如此的清晰，完整地沐浴在纯洁的感情的照耀之下，以至使得因时光流逝而变得模糊不清的阴影也闪烁着善意之光。她谈话时那种深切的语调，当她平稳地陈述她的失望、冷淡和对爱情的倦怠时，那种不容置疑的信念令罗克不寒而栗，他第一次在情爱中看到了悲戚和忧虑混合而成的恐怖，他惊异于自己的脆弱，他觉得羞于目睹感情崩溃之际心烦意乱的迟疑状态，随之而来的是头痛欲裂恶心想吐的折磨。两种情绪就这么混合着，逐渐凝固成一个整体,最终变成了另外一种东西,它坚硬、牢固,表面布满斑痕而内部折射着光华。

他所不能驱散的并非某处将他舍弃的心灵的居所,时至今日,他仍然不能判定它的准确含义。有时他觉得那就像一册拆散了的故事,被打乱,被毁弃的只是书页,它的内容被赋予了更为隐秘的秩序,他们之间的接触也由能够触摸到的肌肤、呼吸甚至欲念转为更加遥远的联系。在这些断章残简中寻章摘句依然能看见那曾经熊熊燃烧的情欲之火,这类拼拼凑凑的工作依然能使只言片语重现那些本末倒置首尾相接的场面和时刻。回忆使得罗克对此产生了一丝周而复始的奇妙感受,朝远处飞去的正在循着看不见的路径开始回转,那些销魂时光并不会在别处再生,它必将永远失去而那些承受润泽的人却会继续生长,伴随着记忆走向新的枯竭之地。

罗克时常不能判定自己身在何处,恬适之感和忧郁之志均使他茫然不知所措,失去方位感,失去对自身的判断,更不用说审时度势择机行事这类高难度的技术动作了,往事对罗克而言永远不会变为经验,他所仰仗的唯一尺度在相当长的一段时间内是他的冲动,其次,环境因素和偶然事件也在推波助澜。当然,他有时也把这一切视为更高的存在法则。从厨房的窄门里飘来阵阵煮牛奶的香味,越过楼梯拐角处的后窗可以看到远处山上静静矗立着的电视发射塔,几辆轻型汽车在公路上盘旋而去,留下干净的路面在阳光下闪闪发亮。罗克谨慎地告诫自己，别让一种情景渲染的心绪弄得昏头昏脑，甚至忘却了这次旅行的荒唐之处。牛奶就是牛奶，别往上面增添联想而来的所谓家庭生活的温馨之感，区小临一早起来梳洗干净，忙里忙外，只不过是有你这样一位客人，否则她可能依然蓬头垢面地睡懒觉呢！想到区小临的夸张别致的睡态，罗克就觉得乐不可支。在尹楚乱哄哄的床上，喝醉了的区小临朗诵颂歌一般展开着四肢，微微支着左胯，犹如在古典芭蕾中引进了一个黑人舞姿。她不仅用肢体甚至使用面部表情霸占着整张床铺。区小临奔放不羁的睡态使尹楚退避三舍。"她不会是任何人的妻子，男人无法与她同床共枕。"罗克当场就给她下了结论，"但她可能是许多人的情人。"

8

这天下午区小临就预告说一个小型的伤感的欢天喜地的有许多胖乎乎的家伙参加的聚会将于当晚七时举行。夜幕降临之后，罗克就被笑盈盈的东道主冷落在一旁，他只得在角落里的一把椅子上做一名兼职观众，不时随着女主人的吆喝起身给人沏茶。在大部分时间里，罗克基本上在假装翻阅一本一九五六年版的《各国概况》。一名后来被众人称做"海量"的退役军人一进门就嚷嚷起来："气氛沉闷，气氛沉闷，这哪像是干革命的样子。"罗克将《各国概况》塞回书架，区小临冲他挤挤眼睛。"大吃大喝，大吃大喝。""海量"又在桌边叫开了。一小群精心化妆的妇女（她们将被证实是区小临的小学同学）在台阶上朝女主人欢呼："亲爱的！亲爱的！"然后她们向罗克解释，区小临就喜欢她们这么招呼她。接着，因为一个留分头的家伙的到来，聚会的气氛稍稍严谨了一些，并且蒙上一层资产阶级色彩。留分头的人一边抽着进口香烟，一边大肆谈论所谓小国自卑感。由于他热衷议论美国历届总统，妇女们就当场封他为白宫发言人。"领袖们。"他说，"当一名领袖是我的理想。""你怎么啦，喝醉了来的？"一名妇女抢白道。罗克又想去取书架上的那本《各国概况》，区小临走过来将一杯葡萄酒塞入他的手中："你过来，跟他们一块胡说八道。""这个时代，"白宫发言人继续说，"已使人们无所舍弃，人们便开始舍弃情人、爱人。""你怎么回事？"众人朝他一齐喊。"舍弃情感。对，这种社会风气是十年前开始的舍弃社会这样一个集合概念的延续，人们从大公无私走向了极端的自私自利。""他完全是疯了。"众人互相解释道。"而那些反动者无疑都是一些牺牲者。当然，有一天这些人又会开始他们的悔罪行为。但是紧接而来的时代已经不复存在前者对前者的前者所具有的那种统一性了。"话音尚未落地，发言人先自滑到桌子底下去了。"他这是怎么了，好端端的一个人，干吗说起话来那么别扭？"众人朝区小临发问。"我也不知道是怎么回事，兴许是病了。"

　　妇女们继续用高嗓门说话，不再理会桌子底下的人。那人非常放松地躺在桌子的阴影里，像是极为舒服，完全是一名恶作剧的顽童的神态。

罗克重又退回到他的椅子里，慢慢地喝他的杯中之物。妇女们挤成一堆，不断爆发出阵阵欢呼，然后又纷纷惊讶地四处瞧瞧，生怕别人窃走了她们的秘密。

区小临走过来对罗克说："她们在议论你。想知道吗？"

"等睡觉的时候再告诉我吧。"

区小临惊奇地望着罗克："我想这聚会不会很快结束。"

"我等着。"

他们互相毫无表情地对视了一会儿。仅仅是一个瞬间，他们之间就建立了一种新的约定，它仿佛是被偶然发掘出来的，完全的偶然，但是发掘工作却已进行了相当漫长的时间，这漫长几乎是不被意识的。犹如这次旅行，他们只依稀记得出发的一刻。为了离开一个忧郁的城市，或者说为了离开忧郁。从一种亲密无间过渡到另一种亲密无间，这中间只有忧郁。而此时此刻，他被自己所知晓的等待唤醒，他发现自己确实是在等待，可是这种等待一经确认反而变得令人不安起来。客人们开始跳舞，丈夫和妻子、未婚夫与未婚妻、情投意合的人、缺乏精神准备的人各就其位。他们永远也不会在这类事情上出错，无论来自何方，不论走到哪里，他们就像一群熟知分类法的结构主义者，思路清晰，身手敏捷，毫无困难地各就其位。区小临在一名舞伴怀中微微摇摆的姿态令他战栗，罗克急忙将目光移向窗外。区小临的母亲正在夜色中收拾晾晒的衣物，她独自一人，缓缓地做着每一个动作，那苍老的身影使罗克茫然。人们像鸟一样寻找着栖息之地，汇聚在一起叽叽喳喳，他们起身觅食，飞行，体验空气的感觉，受伤，返回然后跌落下来，在地面上死去。那么他们什么时候在思索呢？当他们吵吵嚷嚷的时候吗？罗克觉得自己越来越可笑，他强迫自己回头去看那些舞蹈着的人们，而不是从不安中引申出一种残酷的比喻。区小临正在一旁跟白宫发言人说话，两人仿佛在就某个不言而喻的问题交换看法，结果是谈判破裂，那人继续以一种躺倒的姿势将身体斜挂在椅子上。

区小临冲他大吼一声，所有的人都突然停止了动作，只有音乐在继续。区小临忽然摆摆手说："算了。"众人又开始动作起来，而这时候音乐结束了。很好。罗克对自己说。他起身将白宫发言人拖出房间，把他放倒在冰凉的台阶上："你们谁把他弄走？"

"已经十二点啦！"区小临的母亲进屋来宣布。她穿着缀满淡蓝花朵的白色睡袍，非常严肃地戴着睡帽，那声音就像是在为一部木偶戏中的怪物配音。罗克站起来自己走了。

"太晚了，我们回家吧。"众人纷纷说。他们悄悄地穿过院子来到街上。区小临坚持要送送大家，便与罗克挽着手加入这醉醺醺的散步。午夜之风隐隐吹来，让人觉得相当安宁，生活广阔，全没有白天的那份喧哗和烦乱，于是有人提议高歌一曲，否则白费了这良辰美景。区小临看看罗克觉得他兴致不高,便对大伙说:"豪情大伙存着,改日再唱吧。"众人便仿佛真格蓄存着豪情似的在路口分了手。

寂静的大街上只剩下罗克和区小临。"我想,我们应该跑着回家。"区小临提议道。星星在夜空中静止不动,至少看上去是这样。两个人在人行道上奔跑起来。"我从来没有这样跑向一个女人。""我也没有。""什么?""跑向一个男人。""太可怕了。""完全正确。"

9

"明天你想上哪儿去玩?"区小临问。

"我想去乘有轨电车或者哪儿也不去。"罗克答道。

"你喜欢有轨电车?"

"它总使我想起什么,我也弄不清楚,像是怀旧。"

"我有许多明信片,我搜集的,想看吗?"

"现在吗?噢!那可不行。"罗克微笑着亲了亲区小临的眼睛。

"好吧!我不再说话了。"她将他更紧地拥抱到胸前。

夜晚极其宁静,从远处不时传来一些难以辨明声源的音响。这丝丝缕缕的响声带来一阵阵若隐若现的甜蜜感。每当这种时候,罗克和区小临就屏住呼吸,仿佛是在聆听这令人宽慰同时也令人无所适从的静夜之声。

"那是什么声音？"罗克悄声问道。

"你的幻觉。"区小临说。

"那你听没听见？"

"除了你的呼吸我什么也听不见。"

他们的若断若续的谈话似乎是性爱的身畔之物，悠闲自然地环绕着他们，并且不时地以一种并行不悖的从容介乎其间。从一开始罗克就感觉到它的每分每秒都蕴含着话语所需要的温馨空间，而这些全由她那持久的波动隐隐送来，她仿佛是在说，如果沉默是一种享受，而言辞就是一种赞美。但是，每当谈话中止，一种被抛弃的感觉就在罗克的心中油然而来，就好像词语是一个临时的灵魂寄宿处。当下一次谈话来临，他也被再一次从垂死状态中拯救出来，仿佛初次发现了思维一般感到欢欣鼓舞。很快，罗克又重回到迷惘之中，留连不已。这样的夜晚，这样的温柔之乡一般的夜晚，在如此切近的凝视下完整地呈现出柔美的身体的语言，她的丰盈和她的收敛像深海的皮肤荡漾着激情和无所不至的冷漠。她的骨骼，她的屈起的身体的支点，光滑的肌肤和害羞一般微红的胎记，她的盐粒一般散放在各处的痣痕透露着无尽的红豆般的相思。她的吮吸一般的陷落，她的呼唤一般的坍塌是如此的杳无踪迹消失于一瞬之间。罗克似乎是沿着一个快感的索引最终埋首于她的柔软的黑发之间。那芬芳。他想。

夜晚使流逝的时间具有了一种明晰的方向，许多岁月宛如潮汐向罗克漫来，幻觉似的触及此时此刻他的内在的源泉，以一丝阳光的温暖阐明了病变般突如其来的爱情的变故，舍弃和背离。那如水滴般缓缓渗入他的生活的绝望的意志，向他再次昭示了尹芒的形象。这一次她变得苍白了，像风景边缘的一抹不易觉察的笔触，她的出现和存在仿佛只是为了使罗克依依不舍地怀恋她，痛惜地抚摸这种清凉，让离愁别绪冉冉升起然后化做一种平和的静物以便于永久地观赏。罗克以一种傻瓜的方式向自己询问尹芒离去时的每一个细节，那情感消亡时的种种场景无一例外地被纳入了绵绵无尽的缅怀之中。

那是秋季中的一天，窗外一阵一阵地飘着雨点。罗克读上一段尹芒的信，再接着读一段安德烈·多台尔的《地平线》，他让自己混乱的意识在这两者之间来回穿梭，仿佛那位神秘主义作家的作品是尹芒的冷酷无情的信件的注释。雨点啪啪地打在窗户上就像散乱的鼓点，然后泪水般往下滑落。与此同时，在另外一处地方，尹芒和孙澍正在以一次桂林之行开始他们的蜜月生活。"我说过，我不能许诺，任何事，任何时候。"罗克盘腿坐在沙发里聆听窗外的雨声。他觉得信中的每一句话全都出自一个陌生人的笔下，一个穿越了他的心房的陌生人。而此刻她又走向了另外一个人。罗克每时每刻都在想念着尹芒，他不知道她是否了解这一点。在此之前，甚至连罗克自己也不清楚，尹芒的离去，向罗克揭示了他对她的感情。罗克觉得难以表达自己的感受。许多时候，他像死去一般投入睡眠，但是每一次从梦中醒来，他都异常清晰地感觉到她的皮肤留给他的印迹。罗克感到他是失去与他生活多年的妻子，她的年轻，她的任性，她的美丽和不可捉摸全都使他心碎。

那么短暂的时间，混合着激情，渴望，相互间的吸引，她的亲吻和抚摸融进了他的每一寸肌肤，使他对她满怀着爱意。这会儿，在半明半暗的光线中，在罗克的周围，这个为他们共享的空间却冷漠地注视着他，向他询问着那个将她的气息充满了房间的姑娘。她在干什么呢？

"我爱你。"罗克想。但是他已不再期望这愚蠢的声音被尹芒听见。这种倾诉是不被聆听的。那唯一的耳朵早已关闭或者等待向另外的方向开启。他只是诉说，他只是绝望地借用了尹芒的形象。这轻轻震荡的心愿，仅仅是一次祈祷，一场弥撒，一首安魂曲。

"你怎么啦？"区小临疑惑地望着罗克。她不明白他为什么还在走神似的沉思。罗克那出奇的平静使她战栗。从他眼中流露出来的光芒如果不是基于性欲，那么一定是什么人将在某个瞬间复活："你真是令人难以理解，从临床的意义上说，你别笑，我说的是医学上的临床，恐怕你是得了奥内斯特综合症了。"

"什么？"罗克没听明白。

"性紊乱。"
"真没意思。"
"太对了。"

10

从微观的意义上看,区小临是一个相当数量的术语和概念的携带者。这些或深奥或浅显的美妙言辞全是她的情人们赠送的纪念品。通常这类馈赠总是在欢愉之中进行间或点缀在恶声恶气的咒骂声中。区小临犹如背诵台词一般随时准备抛售这些杂七杂八的玩意,她的去繁从简的使用方法既使得该类词句掷地有声,也使得她的听众退避三舍,每当这种时刻来临,区小临总是非常绝望,她觉得自己除却顺水推舟绝无一星一点扭转乾坤的手法。她在罗克入睡之后,再一次陷入了自我追问之中。

在区小临的内心深处,很久以来一直存在着一个绰约可见的男人的形象,他高大、成熟、举止得体、待人亲切,但是区小临从未真正看清过他的面容。就是这样一个无法具体化的人左右着她的生活状态，使她与她所厌弃的生活保持一定的距离。在她的生活中出现的每一个男人都有着他的背影，但他们个人的情感史又使他们无一例外地在转过身来之际，令人遗憾地暴露出与那个偶像般的他的相异之处。

天快要亮的时候，房间处在一片景物依稀的灰白色之中。区小临突然起来推醒了罗克。"请你坐起来，我要跟你谈一谈。"她使劲摇晃着他的脑袋。

"请你别摇了，求求你了！我快要死了。"罗克半闭着眼睛恳求道。

"什么，你说你要死了？"

"我现在神志不清，请你让我继续睡吧！噢，老天爷，真痛苦。"

"没关系，说着就清醒了。"她拍拍他的脸，好像那是一个开关或者一个暗号。

"好吧，我坐起来。"罗克沿着枕头将脑袋往上升高了半寸，"现在我坐起来了，请让我继续睡吧。"

"好吧，好吧。"区小临不再拍打他，"你可以继续躺着，但你必须开口回答问题。"

"但是，亲爱的，天还没亮呢。"

"是的，所以我们得抓紧时间，说话必须在天亮之前结束。"

"为什么？"罗克睁大了眼睛。

"你看,你已经醒了。我可是一夜没睡。"

"那为什么?"

"睡不着。无法入睡。懂吗?"

"好吧。我去睡沙发。"

"请吧。"

"这是你希望的吗?"

"也许我去更合适。"

"那我就不客气了。"他继续嘀咕了一会儿,然后,声音渐渐消失了,仿佛他说完了想说出的一切。他惬意地翻了一个身,趴在绣有仙鹤的蓝色枕巾上睡着了。而她则抱起那床绛紫色的毛毯摸索着朝沙发走去。说话没有开始便告完结,就像在昏暗中他们之间无话可说,只是就此讨论了一番,只是进行了一次有关谈话的谈话。而现在,当她手掌接触到沙发那冰凉的皮革时,忽然觉得那有关谈话的谈话似乎正是她所可能接受的唯一谈话,除此之外,在这间充满了烟草、酒精和汗味的房间里还可能发生什么样的谈话呢?那个她正在逐渐熟悉起来的身体不正包含着一种她所热切地寻找了多时的密切感吗?她不是明确无误地领认了他所给予的那种无所保留的触抚吗?她并没有在这个夜晚发现她曾经多次绝望地体会到的逗留感,这种亲密的汇流不时向她保证了超出陶醉之感的安详吗?她用毯子裹紧身体,不留一丝缝隙,让毛毯那扎人的绒毛与皮肤保持密切的接触。沙发在她的身下发出阵阵磨擦声。窗帘背后的那片灰色正在增加它的亮度,虽然一切都还存在于黯淡之中,但是一种悦目感已经在区小临的姗姗而来的睡意中浮现出来,她为自己拥有女性的感官而隐约感到一丝骄傲,在拥吻般的昏沉中她窥测着自己微弱的受尽诱惑的身体,它具有一种空虚剪影的黑暗可怖之处,它和腐化感、执着的向往感犹如棕榈上的雨滴毫无阻力地滑下去,投身于温热的泥土中,获得完整的解释。她的目光终于为她的眼帘所笼罩,充满了倦意和莫名的对休息的意识。

天空通过漫长的沉默终于展现出夺目的色泽。尽管隔着窗帘,在沙发上熟睡的区小临仍然感受到了光线的作用。在睡眠中她不断改换着姿势,甚至下意识地用手去遮挡穿过窗帘的缝隙爬上她的面颊的晨光。此刻,罗克已经醒来,他不能断定,是自己的睡眠还是区小临的睡眠修改了她脸上的那种焦虑的神情。罗克使用连他自己都感到震惊的亲切语调问了一句:"你醒了吗?"

"你别捣乱。"从毯子里冒出一句会意的警告。

"我并不是想要报复,你继续睡吧。"罗克停顿了大约一秒钟,"我想我应该抽支烟,正好,这就有。好罢,现在我干点什么呢?嗯,构思一篇小说吧⋯⋯"

"闭嘴!"区小临从沙发上跳起来吼道。

"我不是故意的。"罗克盯着气鼓鼓的区小临注视了一会儿,随后问道,"你要吸烟吗?你要的话,我可以给你送过来。"

"我决定憎恨你。"区小临在沙发上挪动了一下，空出一块地方，"你怎么能因为跟我睡了一觉，就忽然用一种油腔滑调的方式跟我说话。"

"我不是一个搞同性恋的。"罗克解释道。

"什么意思？"区小临从罗克的手中接过烟去，轻轻吸了一口。

"我不能一早起来，没洗脸没漱口就开始抒情。现在请你分给我一点毯子。谢谢，现在请把烟还给我。啊，太好了。我说，现在我们来谈谈吧，你不是有话要说吗？"

"现在现在。"区小临皱起鼻子抢白道，"我不知道在你没漱口以前，我们可以谈些什么才能够避免同性恋的嫌疑。"

"好啦好啦。"罗克拍拍区小临的脑，"开个玩笑嘛。"

两人轮流吸着同一支烟，直到剩下一截焦乎乎的烟蒂。罗克瞄准桌上的一只玻璃烟缸，将烟蒂掷了过去。

"真是太幸运了。"罗克得意地说。他将毯子拉到脖子底下，使劲清理了一下嗓子。"真冷啊。"

这确实是一个寒冷的早晨，街上行人那沙沙的脚步声都带着一股寒意。这样的清晨似乎是无需投以特殊关注的。世上许多重要的事情只是在远离他们的地方发生乃至消亡。它们将由另外一些人用庄严肃穆的方式予以记载，一定有一些人在恸哭，他们生命中最关键的时刻已经降临，而更多的人只是在匆匆忙忙地刷牙。在这样的时刻，某人从窗前经过,他的皮鞋踩在了落叶上发出的偶然的声响只给罗克一丝微小的影响。他知道自己身在何处,但是不知道这是为什么。

11

整整一个上午,碌碌无为的罗克叫些许无所事事的苦闷所困扰。他拖着自己颀长的身材在房间里来回踱步,他已经倦于游览这个海滨城市的所谓旖旎风光,虽然陈旧的有轨电车仍然不时跑出来召唤他的幻想,但是一种恍惚的心态促使他更加热衷于在窗前欣赏那一块小小的户外景色:泥灰斑驳的矮墙,油漆剥落的小木门,一株勉强活着的不知名的小树。罗克一遍一遍地想从它们身上确认引他遐想的若干物证,仿佛那是曾经存在过的一段生活。最后,一阵催人入梦的奇怪感觉使他坐下来给尹楚写信。"在我和区小临之间,她更像一个旅游者,她整天在外面跑。会见各种各样的人,有时还把他们召回家来。而我则一直想睡觉,一天二十四小时我都为这种想入睡的感觉控制着,非常强烈。"罗克想到尹楚也许能体会到他的慵懒状态。"请你原谅我给你写信,我会告诉你原因:在这个我异常陌生的地方,我特别想念尹芒,我有一种奇怪的感觉:仿佛我匆匆忙忙地来到此地,就是特为怀念她的。我正在仔细研究我周围的一切,看看究竟是什么东西勾起了思念之情。"

实际上,伴随着这封致尹楚的信,思念的感觉也越来越强烈地涌向罗克的笔端。他放下手中的钢笔,仿佛一个受到惊吓的孩子,用双手捧着自己的脑袋。怀恋像一个幽灵尾随着他,致使他的倾诉对象在暗中转向了尹芒,他猛然意识到他是在续写那封致死者的信。她死了吗?罗克问自己。这是一种多么甜蜜美妙的疑问啊,它不知不觉地将潜在的关切与潜在的死亡联系了起来。倘若这位优秀女性果真撒手人寰,那人们也该专心瞻仰她的遗容。她的沉着,完美无瑕的从容,手指的细致感觉都会在她的永恒的睡态中找到。她的春风一般融化冰雪的和煦的话语永远能够进入你的心田。"与她在一起的时光,"罗克跳开一行写道,"我就像得了皮肤划痕症,肌肤是那么激动,那么敏感,血液就像要从皮下的血管里喷射出来。但是为什么要对你说这些呢?就因为你曾经那么绝望地爱着一个黑人吗?他带给你的痛苦,真正的痛苦,爱的痛苦要远胜于监狱给你的痛苦。此时此刻,我是多么想把你们两人同时紧紧地拥抱在我的怀中,我以我所有的感激之情爱着你们姐妹，还有谁比你们更像前仆后继的烈士踏入了我的灾难般的、半疯半痴的感情。如果我换用一种不太夸张的，不刻意选择修辞的说法，是你们姐妹帮助了我，使我免于瘫痪。你们的感情是那么的美好（这个词包含了多少辛酸和凄楚），你即使使用世上最下流的词句也无法玷污它。它就像最令人陶醉的黄昏，矜持而又迅急，向你迎面拂过。这是我的爱情，可是有谁相信呢？你吗？你的心一半给了那个骗子，一半给了监狱。总之，奉献给了黑暗。尹芒吗？如果没有我的思念，世上还有什么东西会更加持久？她的死亡吗？与之相比，我的死将携带着思念越过它，比它更漫长，更沉寂。"罗克忽然停住了笔，让自己在房间里转起圈子来，他的感情影响了他的思路，使他在书写中迷失了方向。户外的阳光洒满了街道，在清新的空气中升腾起一股暖洋洋的感觉，隔着一条街道，甚至能够听到有轨电车那浊重的行驶声，它像幻觉般闯入罗克的意识，带来一个甚至两个已逝的季节，某些生活的片段，某个女人生平故事的若干章节；围绕着它在不太远的别处敲击罗克的心扉。这一令他无法释怀的主题犹如一个宿命的旋律在空气中和他的内心协奏着，使他无论走到哪里都能在探身其中的第一个瞬间毫不费力地辨认出它来。这些女性，她们的凄苦和她们的轻柔摇摆时那种天然风姿绘就了她们磁性的外表，使她们人生的母题几乎成了摆脱引力的各种尝试。投身车轮就其场面感而言将一个业已消失了的城市景象植入了罗克的记忆,并且持续徘徊于他的繁乱的遐想中,暗光使它变成一种标志,一种随风坠落的轻柔物体,它的物质的属性使它超然于情感之外,以纯粹的空间形象影响罗克的精神,使他迷失在它的微观结构之中。他走到床边,不经意间看见了一根散落在床单上的柔软的发丝,一种轻度的伤感隐约而来。罗克觉得它们像水手的索具和少女的饰物,专门用来袭击那些绝望的旅人和他们的感情,使他们在窘迫之中越陷越深。他回到桌边继续写信,他在柔和的光线中微微侧着身子,呼吸均匀,神情安详。"很少有人能够完全从一种疯狂中解脱出来,"他想象着尹楚读信时那茫然不知所措的样子,"尤其是那些不擅于说谎的人,因为谎言可以排泄掉我们体内的部分毒素。你不要以为我在喻指什么事情或者什么人。那你彻底错了。请你不要让我给你解释。还是让我来告诉你。我是怎样在世界的一隅与发疯的感觉较量的吧。我曾经对自己说,如果你不去吸毒,那么你就去读卡伦·霍妮的著作,想象你具有神经症人格,然后仔细研究所有那些章节,焦虑、恐惧、敌意、病态、对冷落的敏感、逃避、犯罪感、受虐倾向、对亲人施暴、虚假、崩溃感、对抗与回避、衰竭、最后的冲突然后是慢性的局部的死亡。我一时找不到比这更好更合适的打发时光的办法了。"

"我激动万分地阅读着,听见自己的心脏嘭嘭地跳着,那从我内部发出来的声音盖过了一切。它具有一种无与伦比的庞大感，就像一个从内部充气的原先被精心折叠起来的睡袋，当这一过程临近尾声时，你就被塞进了那玩意，彻底的窒息感。你就像一个捆扎好了的包裹。"

"我再一次请求你，不要让我给你解释。一切，所有的，从一开始到结束。没有解释。"罗克继续写道，"你从不打听我对内裤的挑选标准，保持你的习惯，不要让对颜色、尺码、质地以及形状的口味过多地消耗在那上面。那样一种从属性的依恋，与不断发展，不断呈现出来的从属感没有关系，与外部世界向内心世界的退缩也没有关系，它纯粹是一种嗜好，而非趣味。"

罗克再一次停下手中的钢笔，他站起身，但并没有离开桌子，而是半坐在桌面上，继续用手中的钢笔在信纸上写写画画。他非常希望此刻区小临突然从外面进来打断他向他高声叫喊，将什么东西掷向他、拽他的衣服……在寂静中没有任何人出现，他只能继续被他的焦虑围困着。

旅行，一种无效的迁徙，使他更专注于往事及其含义。对此，希伯莱先知早已有所阐明，而此刻，空间的置换像提琴手忽然移动了把位衬托出那无所不在的南方闲愁。

12

深夜,当区小临的身影一出现在房间柔和的灯光下,夜晚的远近错落的喧哗也渐次隐去。她回来得很晚,几乎已是凌晨。罗克早已是愁容满面,尽管他坐在沙发里等她,微型的遥遥无期地等待、诅咒她。竖起耳朵聆听,依然注意到她的清澈的目光中残存的欣悦的光辉。除了酒精和造爱没有任何东西能令午夜发出如此光华。

罗克猜测她此刻回来的含义,但立刻感到自己像个旅馆里的小偷。暂住在某个房间里,却又在觊觎另外的房间。他起身向她迎去,满怀着佚名的苦闷,他缺乏身份,对自己有一种强烈的不确定感,不知道该如何发问,像演员一样深深感到没有角色可演的悲哀。

"我感到非常担心,真的。"罗克说。

"我就在附近不远。"她以率真的语调说话,仿佛夜晚给了她以允诺,她在其中自由往来,"你在观察我,真是令人难忘,你为什么要这样看着我。唉,你醒醒,我是你的朋友,你听见我发出的声音了吗?"她焦急地问。

"太晚了。"他说。

"什么?"

"你回来得太晚了。"他平静地说,"我想你该在中午前后回来,这以后的时间,对我来说都一样。"

"你不要这样忧郁,那样好像我犯了什么错误。"

罗克默不作声,好像她所说的忧郁这个词提醒了他,使得他的表情忧郁得有点古怪。

她由衷地热爱面前这个男人。不是那种稳重的感情,但在它的飘忽不定中有一些不为人知的方面。她喜爱他的表面迹象。他的有层次的头发,他那轻度近视的眼睛微微凝视时呈现出的汇聚感。当他们单独相处时,他容易给她以创伤般的影响,相互间具有双重的敏感,一缕目光,嗓音的质感,语气间褪色般的变化,甚至能够辨认皮肤的湿度。这是一个容易摆脱的人,但是他会在你的内部的深邃之处留下难以弥合的伤痕。每念及此,忘却就会成为一个问题,而不仅仅是难以忘怀。他与她所了解的其他人不同,不过也只是局限在某些琐事上。大多数人属于变化无常的四季,而他只属于一年中的某一个季节,在大部分日子里他都倒地死去,但每年都诞生一次,这是他忧郁的原因，而他也因此年轻。在她看来，他的韵味明显的朝外显露，清新无比，毫无沉重之感，就像一种知识给人一种心智上的愉快，使她毫无保留地倾向于他，委身于他，而她也借此赢得一份自爱，一种类似勤奋工作的愉快。

"我回来晚了，这是一个事实。除此之外没有更多的事实了。"她轻快地穿过房间去卫生间，然后又探出脑袋，"我喜欢你，你不知道吗？"她不等罗克回答又补充说："怎么说呢？在一段时间里，或者说当前，我无法对你以外的任何人产生亲密的感觉，我做不到。不是我在理论上做不到，而是我的身体，你明白吗？我身体所有的器官都做不到。"

区小临没有打开卫生间的电灯，也许她不能忍受那十五瓦的光明。她在黑暗中剔牙，非常仔细，非常小心，仿佛那是一项秘密的工作，她将因此与谁建立某种默契。

罗克以为她一定是喝了许多酒。她对他说过，她喜欢表现得像一个酗酒的、骂骂咧咧的恶妇，深更半夜回家，连鞋也没工夫脱就倒在了床单上。她这样描述的时候，更像是在回顾一部她演过的电影。她认为一个女人要是不想被人认定为头脑简单，最好的办法就是酗酒。那样至少看上去你显得饱经忧患。而吸烟纯粹是一种点缀，一种性意味很浓的装饰，不能与饮酒相提并论。

区小临从卫生间里出来，走到他坐的沙发跟前，很温柔地蹲了下来，用双手捧着他的脑袋，耳语道："你要是睡不着，咱们就喝点酒。好吗？"

她能够感觉到，她的这番话明显地打动了他。他的眼睛里有一丝湿润的迹象，那是一种柔情，一种富于控制的柔情，一个沉溺于白日梦而无力自拔的人所具有的特殊神色。它似乎是出自一种歉意、一种愧疚，甚至是一种不太强烈的茫然，来自一种冲动和习惯混合而成的内部印象宛如平滑的镜面上的一道反光。

"我觉得我们应该重新认识一下。"他说，"我觉得我们应该在一个只有我们两个人的场合相逢，而不是像实际发生的那样。我们相逢的方式应当包含更多的偶然性。"

他抬起眼睛端详着她，在她的脸上寻找只有在特写镜头里才会出现的引人注目的倦意，"我觉得我们彼此非常相像。"他还试图说下去，但是她打断了他。

"不，我们是两种完全不同的人。"

罗克以一种完全期待的神情静听着。

"我会在镜头前无端地流泪，尽管这是别人要求我这样做的，但是这与别人无关。我喜欢当众流泪，拍电影为我提供了一个借口。我需要人、物，要在我的周围充满了东西、事件。所谓独处，在我是无法想象的。而你是一个不需要别人的人。这一点我昨天晚上就看出来了。你是乐于跟自己作伴，跟自己的声音、形象、秘密作伴的人。你对他人的需要最终表现为你的不需要。"

"如果真像你说的那样,我不是成了一个画地为牢的笨蛋了吗?"

"你是不是笨蛋我不知道。我只知道我需要更多的愉快。不是那种绞尽脑汁的愉快,是美食、雅致的服饰、唇膏、旁人的关注,这样一些东西。"

罗克心里明白,她像寻求爱一样寻求着满足,仿佛两者无丝毫差别,他更需要的是一个动词,一种意向,一种由内部出发或者来自外界的爱,她不要求返回、震荡。而自己不同,他渴求的是相爱,它是环绕的,相互重叠的,每一次回复都是一次更高的响应。因此,它也是衰竭的,寻求庇护的,过频的因而也是虚无缥缈的。他像看见一件瓷器那样觉得她非常真实同时显露出对她的易碎性的充分认识。她或者她们身上与生俱来就有挑战感,对暧昧性的得天独厚的体察、预感和决心。这使得她们或她焕发出无法剥夺的魅力和哀伤。

"也许,"罗克说,"你可以从我的经历中找到一些足以说明问题的东西。"

"不要告诉我你的故事,如果我曾经要求过,那是我的过失。你的故事与别人没什么两样,如果仅仅是替换些地点、时间、人物的话。假如它果真异乎寻常,那么隐去故事中的具体人物岂不更好。"

"我觉得我犯了一个错误。"沉默了一会儿他说,"两种方式之间并不存在任何'过渡'的可能,以什么样的方式开始只能以什么样的方式结束，局部和整体全都一样。"

"我不明白。"

"要么词语要么是性。"

"你总是过于绝对，要知道这句话本身或许就是过渡。"

13

"她。"她是谁呢?罗克问自己,尹芒、项安、刘亚之、尹楚、区小临,或者她是一些地名:悉尼、纽约、澳门以及大陆的某个沿海城市。而他自己又是谁呢?是那个除去一张机票怀里还揣着二千五百块人民币的商店美工?或者是支那半岛的某处丛林中的掩体,或者纯粹就是高射炮上的伪装物。

她和他,以及两者之间的关系,犹如音符和旋律,准确无误地被标明在乐谱上,而一旦它为准确的触链所揭示,立刻溢出它的虚幻的一面。她赴命般义无反顾地远走他乡,那份飘零,那份客死他乡的打算全都隐而不见。她的容颜娟丽秀美,毫无防备地展示着她的易于损毁的美雅。是哪一个夏夜,她的一帧快照越洋而来,她的目光和她的肿胀的嘴唇使她显得热情而又已倦于思索，她的令人入迷的羞涩已经演变为迟疑，仿佛异国的土地将她改变于一夜之间，那令人赞叹不已的青春年华顿然消失，所有不稳定的迹象已被剔除，一种成人的落寞之感已在她身上附着。唯一残留的笑意仅存于她的嘴角向面颊延伸的一丝隐纹之中，唯有这一处地方是他所熟悉的了，而这也仅仅是在一张照片之中。"而我呢，"罗克转而想到了自己，"我是我们这一代人中最早出国的，时间是六十年代末，地点是红河流域。结局呢？结局当然是归来。"难道他自己在经历了这不断向南的旅行之后，还能够谈论他之外的其余话题吗？"没有人知晓，我那时的梦想是在河内的街道上散步。河内。而不是美洲或澳洲的某条街道。"

我的河内。罗克无数次想以此为题写作一篇小说，杜撰一次萍水相逢式的爱情。一种在永无休止的炮火硝烟之下的短暂的、不太现实的、与他的最初的幻想密切相关的爱情。他在他从未到过的河内，在那段从未存在的时日，与一位皮肤黑黑的越南少女有过的杜拉斯式的邂逅，她的体态撩人心扉。他们以一种含混的手势交谈，仿佛是在描绘眼前的光晕。同塔梅平原的雨季，椰子树下那未经翻译因而像废话一般的绵绵情语。噢，这一切纯属子虚乌有。但是，它们并不比后来在他的生活中、生命中出现过的爱情更缺乏真实性，它就像油棕、肉桂、樟和柚木那样珍贵可靠，它也像玉米、甘蔗、咖啡那样散发着长山山脉般的诱人芳香。可是，这一切最终为他将要写到的一阵热带季风吹得干干净净。这篇小说并未存在过。从来没有。比起那些牺牲在炮位上的年轻战友，罗克怀有一种幸存者的莫名不安，当具体的、触手可及的死亡是大量的时候，继续生存会令他不安，仿佛他的肢体也已死去，他只是在内部，或者只是以内部的方式生存，他丧失了与其他生命接触的必要激情，某种侥幸感使他转向祈求激情本身，这对自身的吁请吻合了它的内在性并且为它所控制。然后，随着岁月流逝（一分一秒是多么漫长难捱），当同样具体、同样触手可及的生存是大量的时候，死亡——那曾使他感到如此切近的死亡开始令他忐忑不安，仿佛存在于未知状态的死亡具有生存的虚无性。罗克对此感到惊愕，他假设他的梦想、爱情以及无以名状的追求都具有这种相互作用的属性，所有这一切都使他有一种丧偶之感。他置身其中。隐隐而来的恍惚感使他对境遇之外的风景感触更深。他总在思考着，眷恋着另外的人、另外的时间、另外的地点，所以他总是显得心不在焉，不能专心致志，以致最终失去眼前的一切，进入新的一轮恍惚。

14

罗克与区小临去 D 城的第二天上午,一封寄自悉尼的航空信便被塞进了尹家的信箱。由于身体和心情两方面的原因,尹楚一整天没有下楼。这封精致的信件又在狭小黑暗的信箱里待了一夜。等到尹楚拆开这封爬满了孙澍那歪歪扭扭的汉字的信时,差不多刚好是罗克给尹楚写信的时间。

罗克那魂牵梦绕的情侣被这几页信纸埋葬了。

那是一个晴朗的早晨,阳光十分媚人,尹芒单身一个人从纽卡斯尔至悉尼六十公里处的克里克站上车返回悉尼。没人知道她去克里克干什么,前一天中午她出门时甚至没给孙澍留便条。在温带海洋性气候中隐约可以闻到从塔斯曼海上刮来的东南信风的气味。海湾里那著名的剧院在阳光下依然神采奕奕。下车以后，尹芒忙着去赶乘地铁，没人知道准确的时间，也许是将近中午，同样没人知道她要搭地铁去哪儿。事后据目击者说，看见她站在站台边沿不远的地方，来回错着双脚。然后有一个夹着一份《每日电讯报》的中年男子朝她走去。在列车进站前的一瞬间，一伸手将其推下了站台。在一片混乱之中，那男人若无其事地走了，很快就从惊慌失措的人群中消失了。没人记得他的容貌。只有一位老太太依稀记得他夹着的那份报纸是1972年的。因为他动身走向尹芒前刚好站在她的右侧。当时老太太觉得他可能患有秽语症，因为他嘴里一直骂骂咧咧的。

没有更详细的情况了，不可能有了。

随信还附着一张照片，照片上是一只悬挂在窗前的风铃，背面写着：我爱罗克。是罗克的字迹。那是尹芒遗物中唯一与罗克有关的，孙澍让尹芒的家人转交给罗克。

尹楚将信和照片一同扔进沙发里，她感到非常失望，真正意义上的失望。这种感觉压倒了其他任何感受。那一幕悲惨的场景完全超出了她的想象，她为自己无法获得亲眼目睹的感觉而难以自持。她又转到厨房里去倒水喝，然后蜷缩在沙发里慢慢地哭泣，像要从呻吟中诞生一种语言，用来描绘出尹芒的劫难。

"我看不见。"她是告诉自己她当时不在场，并且这种可能性也完全不存在。

"我看不见。"她是说她们姐妹就此诀别。

过了好一阵子,她忽然记起了什么,从屁股底下取出压皱了的照片,用手抚平,细细地端详起来,但这是罗克房间里的景物,无法传达澳大利亚的任何讯息。这一形象是早已注定了的。她想。

15

"我带你去看看我小时候常去的地方,不过现在变化挺大的,周围盖了许多楼房,还有一些供游客换衣服的棚子,新铺的公路,海滩也被清理过了。你想去吗?"

"不想去。只有拍电影的人才到那种地方去。"

过了一会儿,他们又将相同的内容重复了一次,结果也仍然相同。只是罗克又补充了一句:"你去吧,我坐在房间里想想海滩就行了。"

他想着海滩,想着大海在波涛汹涌和相对平静时的不同形态,想着海浪接连不断地涌上海滩的那种亲吻式的关系,想着海滩在游客散去之后的那份突如其来的荒凉,想着这座海滨城市的宽阔的街道,想着自己如此萎靡不振地守着临海的某个房间和正站在窗前的这个女人,对停滞不前的感觉深感满意。昨晚或者说凌晨，当他们偎依着睡去时，他有一种想要穿越这个城市的欲望，而现在，他更多地为一种从远处看护的兴致感动。他的内心深处非常排斥去观看与她的童年有关的场所，往事总是充斥着过多的意义或者说毫无意义。他宁愿独自一人去坐在电影院，欣赏由她参与演出的故事影片，看着她在一个如此虚假的环境中活动，穿着戏装，念着台词，富于悬念地在第五分钟时出现，然后，极为逻辑的在第一百十五分钟时死去，其间她哭过两次，而另一次也已是热泪盈眶。在第十六分钟她吻了一个穿大衣的男人，在第四十九分钟她骑着一辆锃亮的自行车经过一条小巷，而仅仅隔了一分钟，第五十分钟她就身着泳装出现在海滨的沙滩上，她开始嬉水，背朝观众，面向大海。罗克熟悉这个形象，他觉得这个搔首弄姿的银幕女郎，要比眼下站在窗前闷闷不乐地望着窗外的区小临更为清晰可辨。在银幕上她是简单的，尽管她嘴里连珠炮似的说着很多费解的话。她的许多超乎观众承受能力的表现坚韧不拔的毅力宏伟的言词使得她的装模作样十分惹人喜爱。

　　他来到了她的身旁，低声对她说着海滩、海滩。他询问她现在是否是退潮的时间。"不知道。"她说。"我为什么要到这儿来？""这要问你自己。""也许正是为了这海滩，也许真是这样。但我居然不去看一看。这又是为什么？""没人知道。"

她转过身来，抚摸着他的眼睛，手指的移动徐缓至极，仿佛那是一个复杂的、陌生的举动。他感到她的指端是那样匀称、完美、令人意志消沉。

她凑在他的身边悄声说着话，完全没有含义，但是所有的音节连绵不断。他们在窗前的阳光中伫立良久，品尝着即将来临的欢悦。她的手指依然在寻觅着，探求着，就像沉浸在丝绸和水中乐而忘返。她觉得她是欣然前往，愿意容纳和接受一份馈赠，她甘愿无数次领受同一份礼物，以至像欢度一个节日一样将它铭记于心。

"海滩。"她也无意中说出了这个词，像是某种提示或是道出了某种哲理。它预示着她有更多的词语希望涌现。她一时在这中间又找不到值得依赖，足以遵循的惯例，于是她再一次说出海滩这个词，那份默许式的沉溺使她的话听上去像是对睡眠的敦促。"海滩"，你听听这个词，它有没有金属的音响，阳光的全部谱系，它是否具有梦的若干属性，或者是一个情欲的平台，荡涤了时间的刻度。它的内涵像砂砾一般漫无边际，而它的形象则是包含了运动和狂风止息之后的巨大安宁。

这个词，正是罗克寻找的。他知道它终将出现，以它本来的面目，单纯而又富饶。遗世而立，无所依傍却又楚楚动人。它向他迎面走来，毫无顾忌，突然之间显示出自己。没有人能够不为它所触及，它不可理喻，而又简单之至。

"你正是我一度感到极为渴望的人，现在也是如此。那个人走起路来松松垮垮，好像随时准备就地躺倒。他的神情里有一股似有若无的倒霉相，在我看来，这一点非常触目惊心。但是，很难有人长久地迷恋这样一种品质，这样一种既非外观，又非禀性的东西，它像是通过一次漂染而造就的，它总是难以说清。"

"你很难想象我对你的感情，它一下子就来到了我的心里。你穿着运动衫的模样，在木质地板的衬托下与尹楚相映照，健康大方，蕴含着活力。当你一开口，吐出那些猥亵的词句，非常令人吃惊，而那夸张的语气仿佛给了你道德上的庇护。那份喜爱径直来到这里。"

"这里。"

"是的，还能是哪里？"

他们长久地偎依着，完全忘记了时间。天空在傍晚来临之前，有很长一段时间维持着相同的光亮。渐渐地，云霞显现出来，光线本身也含有了阴影，暮色中隐约有一丝香皂的气味，然后，这一切都融入了幽暗。

而她的手指依然在他的皮肤上滑动，在他的整个的轮廓上漫游，对某些地方满怀着歉意，对另一些地方饱含着依恋。她的欲念渐渐地潜入他的体内，被接待，被挽留，互相融合。像树篱遮挡的视野，不断地改变形状。风景像沙丘上的树丛在风中微微摇摆，远方是广阔的平原，那有力的马蹄声就如同心脏在跳动，他们彬彬有礼地交谈，举止文雅，体态婀娜，间或伴以朗朗的笑声。他们沿着一个简捷的途径进行推演，态度诚恳，富有耐心。时而漫不经心地观看水的余波，时而专心致志地寻查飘拂而过的风的痕迹。最终，他们什么也没找到，他们两手空空，怀着倦怠静止了亲吻。

"但是海滩。"她说。
"那是你童年常去的地方。"

16

直到离开 D 城,罗克也没有去海滩。区小临和他都没有再提起这事。他们确实忘了,并不是有谁想要回避这一点。区小临忙着打长途电话,总往邮电局跑,她要去深圳拍一部新的影片。罗克去乘坐了一次有轨电车,途中就跳了下来,他看到一家铺面脏兮兮的书店,进去转了一圈,一无所获地跑了出来,还被门边的一颗钉子划破了手。

"该回家啦。"他对自己说。

罗克没有与区小临的母亲告别,他解释说那样不合常规。区小临没听明白他的意思。她送他去码头。握别的时候,罗克忽然说:"很久以前,陶列也是沿着这海岸线,乘船南下的。"

"他是谁？这个陶列。"

"我也一直在想，他是谁呢？"

"你是在开玩笑吧？"

"也许是的。"他笑了笑，觉得自己像是在做梦。

他瞧见一些细微的浪花在船体周围翻开，码头上人们正三三两两地告别，听不见特殊的喧哗声，客轮静静地停泊在那里，似乎并不准备起航。一个船员在后甲板上来回走动，神情像是在散步。这即将启程的无数次航行中的一次，找不到任何特殊的标志，或许因此可以称它为不朽的航行。罗克想。

"你拍了新的电影就写信告诉我。"

"我不知道该怎么写，我最不会写信了。你明白我的意思吗？我是说我不擅长写信，这事令我头疼。"

"那就打电话吧！算了罢，就让我自己在某部电影中发现你罢。"

"你也许会认不出来的。"她提醒道。

"不会的，你有特征。"

"是什么？"她显得饶有兴味。

"不知道，我只是觉得我会认出你的。"

罗克摸了摸她的头，走向检票口。

"你弄乱了我的头发。"她说。他没有听见，也没有再回身。

17

  船在海上走得很慢,仿佛一直是在逆风而行。大多数时候天气阴沉沉的。云层将阳光隔开,但又能让人对光有所体会。罗克在闹哄哄的餐厅里吃饭,同样心不在焉的。整个航程约有552海里,在东经120～125度之间行驶。由北向南,但他无法对此有所意识。视野中的一切永不改变。他一直苦于无法说出这种感受,这种心情类似于一个信徒的临终忏悔。它就像是一个名字,一座城市的名字。面对冷漠浩森的大海,他忽然有了要开口说话的冲动。他觉得那就像要说出一个人的名字,它必须被不断地重复,同时怀着敬畏予以倾听,总有一天他会发现它的真正含义。

  他在没有清晨、午后、黄昏的航行中向南漂泊。唯有灰暗的白昼和涛声不断的夜晚才偶尔打断他的连成一片的孤寂。在这个狭小的半封闭的缓慢移动的空间里，人们在每一个可以涉足的角落里来回游荡，那份落寞之感远胜于乏味的旅行给他们带来的疲惫。

晚餐结束以后，餐厅里开始播放杂乱无章的舞曲，一些人在窗外或门边往里张望。他们刚才吃饭的地方现在被改作了舞池。一对男女在一股卷心菜和酸辣汤的混合气味中跳着华尔兹，脸上浮出陶醉的模样。罗克觉得他与周围的一切互为讽刺，彼此都没有什么深意，他们会互相遗忘，仿佛他们从来就没有存在过。

这样一个夜晚，使罗克无法入睡，无法安眠。古老的隐藏着惊涛骇浪的大海笼罩着丧葬式的郁闷，令他联想到有一些事情正在等待着他。他还会再一次以恬然漫步的姿态走上前去，迎接它——就像迎接一个胜利一样迎接一个新的错误。他仍然会无暇欣赏它的疯狂和甘美之处，他想他不会有那种温宁的资产阶级的趣味。他只是在他的放逐式的履历中续写着卡尔·夏皮罗式的哀诉——"让风吹吧，因为许多人将要死去。"——那是在充满了蚊蚋和瘴气的左每，在部队的集结地，首次从他父亲给他信中读到了这不朽的劝慰。那时他才几岁？十六还是十七？在轰炸过后的阵地上，遥想他的祖国，他的要拐六个弯的楼梯，他在窗前守望的南方的梅雨时节，陈旧的红砖楼房，褪了色的拉花粉墙，上了桐油的篱笆。他想回到那里去恋爱，结婚，生儿育女，最终在那里死去。

岁月流逝，一种伪装的安逸腐蚀了他，欢愉的渴望已在他的内心驻存，犹如他现在置身于大海之中，这一切已是无法剥夺。仿佛一切都已经发生，只有极少的事物尚未出现。他已可以与这庞大的世界互相恕罪，因为他觉得他如此活着实在是无足轻重。

他想起了项安。他并不需要假借一个酷似的身影来烘托自己的想象。她的出现和她的消失都是如此地迅疾，令你无暇思量。她朝你微笑时，她的五官形成一个巨大的空洞，向内深隐，越过心脏，迅速抵达她的下体，她的私处。她就是如此令人迷惑，然后忽略了其余的渴求。她的裸体遮蔽了无数倾心相许的时刻，使他无力洞察她的内心。多么虚幻的爱情，多么不幸的夏季。他们好像彼此是对方的渡船，在一段河道里相依为命，接受着对方的指令、暗示、敦促、吁请和那绵密似水的柔情。没有人是温柔的海岸，所有的人都是一些忧郁的回流，他们在深处拍击情感的幕墙，发出热恋的信号，仅仅是为了声明他们是如此潜在，如此绝望，如此执着。

这样的情感总给他以耻辱的感觉，像是以暴力实施的掠夺。但是这是不能加以周详的考虑的。因为它毕竟包含了催人泪下的爱欲。

从夏季到夏季，一个完整的年轮，刻在一株无形的生命之树上。他们互相植入，嫁接，在每一时刻都经历着眷恋，不为逼人的热浪所动。他们每天都要见面，像得了强迫症那样渴慕对方的肉体，甚至在电话中谈论着隐私，夹杂着著名的、不朽的废话，那三个字被重复了上亿次，已经到了无法不从唇间吐出的地步。"你疯啦！"他们听见对方在说。

这简短的四季，已将那销魂蚀骨的拥吻印遍了他们的全身，匮乏和对睡眠的渴望也已随之而来，悄然潜入他们的肾脏、肺部和内心，任何恳求都归于虚妄。触摸的密度在一瞬之间下降到零，原来消失不见的时间又回到了它本来的位置上，再一次显示了它的严酷和漫长。就像航行中的旅人，必须对迟误和延缓有所准备，但是遥遥无期的水中滞留依然使他忧心如焚。这种结局使他感到似乎是完结于无始无终的绵延里。可怖的虽生犹死，窒息和羽化。

终止。黑暗和光明一同终止。他对她说过，他像是她的父亲，而她像是他的女儿。她终将离他而去，在此之前为他所创造、培育、灌溉、梳理、品尝。然后，失去。

她的身上有着不易抹杀的孩子气，她可以成为任何人的孩子，她对他最为亲昵的称呼就是在一次哭叫中称他为："爸爸。"

罗克在她的一次私奔中失去了她。

"去吧，我的女儿。"他试着让自己学会祝福。

"不要睡着，"他对自己说，"否则我会梦见海妖的歌声。"

18

罗克在市中心靠近广场的一站下了车。他又回到了这个人口稠密的都市。远远望去，图书馆的钟楼向广场展示着它的侧面。它会永远在那儿的。他告诉自己，至少它会长于一个时代的悲欢离合。

人人都在匆匆忙忙地行走，冬天最初的迹象已经降临到他们身上。一丝寒意，厌烦的神情，进补的征兆，红红的鼻子，不断掏出的手帕，人行道上的痰迹。几个金发碧眼的欧洲人像外省来的采购人员一样在慢车道上昂首阔步。另外一些旅游者则无精打采地耷拉着眼睛，仿佛他们走错了地方。尽管如此，他们依然紧攥着导游图，手背上青筋暴起，就像电影中踏入蛮荒之地的寻宝者。

这些罗克熟悉的景象，也是构成他的迷惑的背景。他给尹楚打了一个电话，铃声在房间里长久地回荡，像是在帮助他一块询问。没有人。将近下午五点了，她会去哪儿呢？罗克又重新跳上电车。形形色色的乘客在车厢里痛苦地拥挤着，不时吐出一些不堪入耳的词组和短语来缓解自己的焦虑。更多的人在大部分时间里沉默不语，无论身体受到怎样的挤压和磨擦，他们始终一言不发，仿佛在等待一个导梦者在车体的缝隙里出现。他们的脸上没有惊讶的表情，他们对这个空间里一切全都安之若素。突然，他们不及告别便蜂拥而下，顷刻间消失得无影无踪。

西村公寓已经隐没在夜色之中，它的褐色砂石墙面在黑暗中闪着一层奇怪的淡紫色。街上行人稀少，给人一种近郊区的感觉。旅途的困乏使罗克昏昏欲睡，他在黑乎乎的楼道里摸索着拾级而上，恍惚间产生了误投尘世的感觉。他对他正在做着的事情缺乏把握，不知道这究竟意味着什么？他在黑暗中独自思忖，像一个巡夜的更夫独自漫步在阒无人迹的街头，在他的周围充满了鼾声和午夜的乱梦，人们沉湎于或深或浅的睡眠之中，放松他们的肢体和知觉，他们的呓语无声地飘向罗克，向他致以催眠般的问候，使他丧失了时间和所有与内心有关的尺度。他隐约想起那些关门前的花店，支架上的洒水壶，铁皮桶里的彩色纸条，还有那些深色的玫瑰在橱窗后面含苞欲放。即使他的兜里没有零钱，也应该去买上一支。但罗克只是在快要叩响尹楚的房门时才想起这样一个浪漫的意愿。

并没有什么异常的结局，令人惊骇的事端还没来得及发生。尹楚来给罗克开门，他们既不热情也不冷淡地打过招呼便进了房间。尹楚正在厨房里煮饭，大米的香味阵阵飘来，中间夹杂着鸡蛋和红肠的味道。罗克没提起他想象中的那朵玫瑰，他像一个婚姻美满的丈夫注意生活中那些未及发生的事件的不容忽视的含义，懂得适时收敛自己的享受和陶醉，还有想象，这一点尤其不容信马由缰。

在南方，这潮湿寒冷的冬天处处威逼着人们，使房间里充满了寒气。触手可及的东西样样冰冷僵硬，在室内走动的人们心如止水，唯有一丝幽暗的怀想闪动着微弱而温暖的火焰，它穿越情感的泥淖，悄然降临于夜晚的居室内，以它隐约的叙述感萦绕着罗克和尹楚，向他们显示着宇宙的寂寥和生活的繁琐，与此同时，它也映照着他们的孤独和相互依存的美感，指出他们与世界脱节的秋天怀念般的迷惘之处。他们互相注视着，沉浸在由此而来的陪伴状态之中，他们似乎明白无误地知晓这若即若离的无望爱情，逡巡在种种猜测和谅解之间。这是另一种感情，它比仇恨更持久，比欲望更强烈，比依恋更隐蔽，比痛苦更凄凉，一旦它来到他们中间，便在那里永久地驻存。那是一种冲动，亘古不变，没有结局却又磐石般坚毅，而在某些时刻它又像溅落在面颊上的雨滴沁人心脾，温柔无比。

"有一封孙澍的信。"尹楚说。

"尹芒？"

"你现在想看么？"

"都写了些什么？"罗克考虑了一下，觉得这方面的事情永远来自于其他什么人的转述，"我还是不看了。你告诉我吧？"

尹楚慢慢地将孙澍的信复述了一遍，虚拟的第一人称给她带来神经错乱般的紊乱感，她幻想着自己亲历了尹芒的一生以及她殒命的时刻，声音中传达着深切的悲痛。

"我像你一样爱她。"她最后说。

"这一切是无法证实的。"沉默了很长时间，罗克才说，"我们的爱和我们的死亡，谁能向我们讲述。我们甚至无暇倾听那些来自我们内心的声音。我们在我们所不在的某处生活着并且最终死去。我们何以守护那份不可轻易得之的情感，我们只是眼见着它随水而逝，永不返回。因为没有特殊的标记，我们很快就彼此忽略，彼此漠视，等待我们痛心疾首瞻前顾后之时，我们又恍惚觉得这一生仿佛是为了某种标记而活着，它根植于我们的内心，又外在于我们无法企及的地方，同样，它也存在于我们所不在的地方。我们一生中唯一的一次聚首因为它虚幻的外延而显得格外真实，它维系着我们全部的感情。是我们生命中仅有的至上的时刻，就像一次祈祷，满怀着对彼岸的憧憬，对来世的由衷渴望。"罗克很想对尹楚说出此刻他所沉思的一切。它就如排箫描绘的天堂那么美好，高尚，但是难以言喻，在他的体会之中，它已经逐渐熄灭。

罗克将目光从尹楚的脸上移开。

"你不想问问区小临的情况？"

"不想。"她说，"你不想问问我怎么样？"

"好吧，你怎么样？"罗克并不看她，他觉得她此刻的目光一定是难以承受。

"我一直在等你回来。"

"没有人会这样。"他说，依然没有转过脸来。

"我知道我不必等待，但是我知道你无处可去。"

"为什么？"

"我说不清，我觉得你徒有一副流浪者的面容。"

"这么说可是有点玄。"

"一点不，所有跟你做爱的人都能看清这一点，没有人会害怕失去你。"她断定自己没有说错。罗克是一只在室内飞翔的鸽子，它的纯洁有其限度。同时，他也是一头卧室里的骆驼，它的孤独的跋涉同样有其限度。他的情感有着广阔的背景，但这背景更像一种窗外的景色或者镜框中的静物，是一种预先设定的寄托，它的美感使他迷醉，他享有它，但永远不会伸手触摸。他的爱是自我关涉的。他的眷恋使他误认每一个人、每一种情景都是唯一的，不论是性还是一切边缘性的经验，都像性高潮和死亡一样绝对而又无以表述。

"好吧，我接受你的裁决。"但是，他在心里对此依然无从知晓。他在几个房间转悠了一会儿，重新回到原来的那张椅子跟前坐下，继续刚才的谈话。他觉得要是什么事情也没有发生过，他的状况也仍然如此。他不是一个为生活所塑造的人。是吗？他问尹楚。

"有人说你是一个缺乏界限的人。"

"谁？"

"尹芒。你仍然坚持不看那封信吗？"

"如果我说服自己相信发生的一切，又会怎么样？我无法从正常的逻辑入手，我想着。想着这件事本身便凸现出来，它那么散漫，令人气馁，然后，我又想，我不再需要它了。它离我那么遥远，我所想的一切都离我那么遥远，连我自己也是那么遥远。它是否真实又有什么重要的呢？我想着它们，一切，一边修改着，审视着，直到一切都面目全非。"

"你真可怕。"尹楚不无忧虑地说。

"不，不是的。"罗克做了一个莫名其妙的手势，他无法解释，"我想我说的不是这个意思。"

"算啦。"尹楚抚摸着他的双手，沿着手臂一直抵达他的面颊，寻找着她熟悉的那一份沉默。

"如果我们死去，我们之外的人就会获得一种结构性的满足，而如果我们之外的谁死去，我们会认为一切都在继续，没有什么被打断。思念仅仅是一种意向，它会被一种阅读的意愿所取代。但是唯有思念是没有结局的。但是我们是一些优秀的读者，我们紧张地阅读着，只有当我们与我们所爱的人互相爱抚时才更接近我们的内心深处,我们的主观性才趋向于自己……

"但是,我欢迎你们的到来,如果没有人像进入我们的内室一样进入我们的内心……

"但是,我们总是互相叙说……

"如果我们只是到来……

"仅有开始和完满的结局都带来缺憾……

"你知道我指的是什么。"他对她说。

图书在版编目（ＣＩＰ）数据

呼吸 / 孙甘露著. -- 上海：上海文艺出版社，2024
　　ISBN 978-7-5321-8799-7

　Ⅰ.①呼… Ⅱ.①孙… Ⅲ.①长篇小说－中国－当代
Ⅳ.①I247.5

中国国家版本馆CIP数据核字(2023)第118049号

发 行 人：毕　胜
策划编辑：李伟长
责任编辑：江　晔
特约编辑：谢　锦
装帧设计：付诗意

书　　名：呼　吸
作　　者：孙甘露
出　　版：上海世纪出版集团　上海文艺出版社
地　　址：上海市闵行区号景路159弄A座2楼　201101
发　　行：上海文艺出版社发行中心
　　　　　上海市闵行区号景路159弄A座2楼206室　201101　www.ewen.co
印　　刷：苏州市越洋印刷有限公司
开　　本：1240×890　1/32
印　　张：8.5
插　　页：5
字　　数：156,000
印　　次：2024年8月第1版 2024年8月第1次印刷
I S B N：978-7-5321-8799-7
定　　价：68.00元
告 读 者：如发现本书有质量问题请与印刷厂质量科联系　T:0512-68180628